ベリーズ文庫

契約結婚、またの名を執愛
～身も心も愛し尽くされました～

山野辺りり

STARTS
スターツ出版株式会社

目次

契約結婚、またの名を執愛
～身も心も愛し尽くされました～

プロポーズという名の脅迫

絶体絶命である。

希実《のぞみ》は小さく身を縮め、息を殺した。

棚の影でしゃがみ込み、必死に気配をなくす。さながら空気と同化する勢いで。

しかし悲しいかな、自分は人間。

透明にはなれないし、残念ながらこの場から瞬間移動もできないのだ。

ここ——会社内でもっともひと気がないはずの倉庫で、希実は自らの口を両手で押さえ、漏れそうになる呼吸音をごまかそうと足掻いていた。

——いつも誰も出入りしないのに、どうして今日に限って……！

やや意地の悪い同僚に、過去の資料を営業部の田中さんから借りてきてくれと仕事を押しつけられたのが二十分前。

しかも間もなく昼休憩になるというタイミングは、もはや嫌がらせに等しい。

その上、くだんの資料はとっくに倉庫に移動したと言われ、泣く泣くここまでやって来た次第である。

そもそれらの数字は彼女が日々きちんとデータ入力をしていれば、問題なくPCで閲覧できたはずのもの。

だが緊急性がないと嘯《うそぶ》き、散々後回しにした結果、さすがにこれ以上放置できなくなったようだ。

とはいえ、本来なら当人が責任を果たすべきなのだが、どういうわけか希実が尻拭いに駆り出されている状況だった。

さも当たり前のように『それじゃ佐藤《さとう》さん、手が空いているならよろしくね。この年度の資料を田中さんに借りてきて』と命令――もとい、お願いされてしまったのである。

――ちゃんと断れない私も悪いんだけど……。

佐藤希実は、社会人になって三年目の二十五歳。

生まれてこのかた、一度も染めたりパーマをかけたりしたことがない髪は、黒々とし艶《つや》やかである。

肩辺りの長さにしているのは、縛ってしまえば楽だから以外の理由はない。

化粧は薄く、服装はブラウスにグレーのスーツ。パンプスは三センチヒール。アクセサリーの類は持っておらず、眼鏡が唯一の装飾品ともいえた。

ひと言で言えば、地味。

どこにでもいる、ごくごく普通のOLだった。しかもかなり大人しい部類の。

顔立ちや格好に華やかなところはひとつもない。

強いて長所を挙げれば、生真面目でコツコツ努力を重ねることが苦にならないことか。

ゆえに卒業した大学は、それなりの国立である。

だがその他大勢に埋没《まいぼつ》するタイプであり、本人もそれを望んでいる。そういう、〝静かに目立たず暮らしたい〟性格なのだ。

だからなのか、派手な人間には舐《な》められることも珍しくなかった。

特に今回希実に『資料を借りてきて』と仕事を押しつけてきた同期の飯尾花蓮《いいおかれん》には、毎度便利に使われている。

どうやら面倒事を丸投げしても構わない相手と見做《みな》されているらしい。

さながら学生時代のヒエラルキーだ。

美人で目立つ生徒に、ダサくて物静かな生徒は敵わない。いつの間にか当然の如く上下関係ができてしまう。

それを薄々分かっていながら、『嫌』と言えないのが気弱な希実の性格だった。

——断れば飯尾さんだけじゃなく他の人にも迷惑がかかるし、資料を借りてくるだけならいいかと思って引き受けてしまったけど……まさか倉庫の電球が切れていて、目当てのファイルが見つからず、手間取っている間にこんなことになるなんて——。

うす暗い倉庫の奥でごそごそと段ボールを漁《あさ》っていた希実は、背後で扉が開かれる音に気がついた。

けれどその時点では、『ここに誰かが出入りするなんて珍しいな』程度の感想しかなかったのだが。

今は、物音ひとつ立てられずにいる。

倉庫の奥まった場所に身を潜め、既に何分経ったのか。

今考えれば、人の気配がした時点で自分の存在をアピールしておけばよかったのだ。そうすればこんな窮地《きゅうち》に追い込まれることにはならなかった。

——今更後悔しても遅過ぎる……！

もう声を上げるタイミングは完全に逸していた。こうなっては全力で空気になるしかない。それ以外、希実が無事に現状を脱出できる策は思いつかなかった。

何故なら現在倉庫の中にいる人間は三人。

うちひとりは、当然ながら自分である。

つまり他にふたりの人物がいるのだが――。

「いい加減にしてくれ。仕事中だと分かっていないのか？」

「修吾《しゅうご》さんがハッキリしないからでしょ。私の気持ち、知っているくせに！」

「何度も貴女《あなた》と交際する気はないとお断りしているはずだ。それなのに強引にこんなところへ連れ込んで、これ以上何を話す必要があると？　それから名前でなく東雲《しののめ》と呼べと何度言ったら理解できるんだ」

「ひどいわ！　私にそんなに冷たい態度をとるなんて……！」

絶賛修羅場中だ。

いくら男女交際の経験が皆無の希実にだって察せられる。

今言い合っているふたりは、いわゆる痴情の縺《もつ》れという事態ではないのか。

――しかも東雲さんって……東雲修吾本部長だよね？　あまりない名前だし、この声は間違いない。それに相手の女性は……。

希実は恐る恐る肩越しに振り返った。

ここからなら出入り口付近にいるふたりから死角になる。

それでも絶対に見つかりたくない気持ちが強く、不本意ながら盗み見る形を取らざるを得なかった。

──やっぱり……飯尾花蓮さんだ。

社内でも有名なふたりなので、間違えようもない。おそらく、この会社の社員なら誰だってふたりを知っているに決まっている。

それほど有名人なのだ。

何せ飯尾花蓮は社内一の美女にして〝恋人にしたい女性〟の代名詞。入社当初から注目を集め、数多《あまた》の男性を虜《とりこ》にしてきたそうだ。

その上、彼女の父親はこの会社の常務である。つまり、花蓮を射止めれば出世が約束されたのも同然。

にも拘《かか》わらず、あまりの高嶺《たかね》の花かつ〝とある噂〟により、彼女に軽々しく言い寄る男性はいなかった。

その〝噂〟とは。

──飯尾さんは東雲さんと結婚を前提に付き合っているんじゃなかったの……？

並び立つと迫力の美形カップルたるふたりは、社内で公認の仲である。

彼らを狙う男女はそれぞれいても、到底つけ入る隙もなく己に自信が持てず諦めるのが関の山。

完全無欠の恋人の間に割って入るには、凡人では不可能だ。そう思わせるだけのオーラが、修吾と花蓮が揃うと倍増し、結果指を咥《くわ》えて見る他なくなる。

だが漏れ聞いてしまった会話から推察するに、どうやら事実と齟齬《そご》があるらしい。

まるでふたりは結婚前提どころか、恋人ですらないようではないか。

希実は盗み聞きは駄目だと自身に言い聞かせつつも、耳を澄ませるのを止められなかった。

——私の幻聴？　でもさっき東雲さんは『交際する気はない』って言ったよね……？　飯尾さんは東雲さんと付き合っているってあちこちで公言していなかった？

しかしその前提が真っ赤な嘘なら、いったいこれはどういうことなのだろう。

混乱の極致で、希実は必死に頭を働かせた。

——まさか……飯尾さんが外堀を埋め、既成事実を作ろうとしていたの……？

意中の相手である修吾を手に入れるために。

あり得ない話ではない。

何故なら彼はこの会社の社長の息子。いずれ継ぐことが決まっており、弱冠三十二歳にして本部長という役職についている。

しかも父親の威光を受けてその座にいるのではなく、自らの有能さを示した結果、異例の出世を遂げているのだ。

営業部にいた修吾が他部署へ異動するまで、毎月トップの成績を誇った伝説や、企画部ではいくつものプランを成功に導いたことは記憶に新しい。

海外支社にいた頃には、僅《わず》か一年で売り上げを倍にしたとか。

しがない一般社員であり、営業事務の希実にとっては、まさに雲の上の人だ。

優秀で華やかな経歴を持つ人物。しかも外見は極上。

日本人らしからぬ彫りの深い顔立ちに、上品な焦げ茶色の髪と瞳。長い手足と引き締まった体躯。

身長百五十センチの希実からすると、見上げるほどの長身なので、おそらく百八十五センチ以上あるだろう。

穏やかな口調と美声だけでも、相対した女性陣は頬を染めずにはいられない。

気品溢れる佇《たたず》まいは貴公子然としつつ、それでいて経営者になるのに相応《ふさわ》しい鋭さも兼ね備えていた。

端的に言えば、途轍《とてつ》もない美形である。

家柄よし。眉目秀麗《びもくしゅうれい》にして文武両道《ぶんぶりょうどう》。遜《へりくだ》るわけではないが、『本部長なんて堅苦しく呼ばず、東雲と呼んでくれ』と言うくらいフランクな面がある。

これでモテないはずがない。

実際、社内ではあわよくば修吾とお近づきになりたいと狙っている者が少なくなかった。

たとえ恋人にはなれなくても、セフレや一夜の思い出でもいいと話す声があるとかないとか。

希実には想像もできない複雑怪奇な世界である。

――キラキラしてアグレッシブな人たちは怖い……だって学生時代地味子を弄《いじ》ったり攻撃したりするのは、大半がそういうタイプの人たちだったもの。私も何度ターゲットにされたことか。極力関わりたくないって改めて思うわ……。

それでも大きな騒ぎにならずに済んでいたのは、飯尾花蓮が修吾の恋人であると大半の人間が信じているためであった。

――でも、違ったってことだよね……？　現社長と常務は若い頃からの盟友らしいし、その子ども同士なら、とてもお似合いだと思っていたのに。――これ、私が聞いていい話じゃなさそう……。

トラブルの予感がする。

特に不慣れな恋愛事には、首を突っ込むべきではない。そう判断し、希実がますます小さくなっていると。

「修吾さんだって満更でもなかったでしょう？　私を利用するだけして捨てるつもり？」

「人聞きが悪い。貴女を利用した覚えはない」

「私との噂を否定しなかったじゃない！　それって認めたのも同じだわ」

「いくら否定しても、貴女がまたすぐに根も葉もない噂を広めるから、放置していただけだ」

痴話喧嘩《ちわげんか》なら他所《よそ》でやってくれと心の底から願う。

よりにもよって、どうして今ここでなのか。

――そりゃ、普段は倉庫にひと気はないけど……！　自分の間の悪さを呪いたくなる。あと三十分前後タイミングがズレてくれていたら、かち合わずに済んだはずじゃない？

嘆き悲しんでも全てはあとの祭り。

一分一秒でも早くこの地獄の展開が終わってくれと、希実は真剣に祈った。

が、神は無情。

ゴトッと大きな音が聞こえたと思った直後、修吾の苛立ちを帯びた声が響いた。

「……私が冗談で済ませている間に、仕事に戻ってくれ」

「そんなこと言っていいの？　社員の大半は私たちを恋人同士だと思っているわ。勿論、私の父も。それなのにこの私を邪険に扱えば、修吾さんの方が非難されると思うけど？」

脅迫だ。

希実は愕然とし、つい彼らへ視線をやってしまった。

そこには花蓮に抱きつかれた修吾がいた。避けようとした際どうやら床に積まれた段ボールに足を取られたようだ。

押し退けるのを躊躇《ためら》っているのか、修吾の眉間には深い皺《しわ》が刻まれていた。

「私を突き飛ばさないってことは、やっぱり修吾さんも悪い気はしていないってことじゃない」

「違う。下手に触れて、怪我をさせたなどと騒ぎ立てられたくないだけだ。離れてくれ」

「私がそんなひどい女だと思っているの？　あんまりだわ」

瞳を潤ませた花蓮がルージュを隙なく塗った唇を震わせた。

そのいち場面だけを見れば、美女の涙が憐れみを誘う。

が、修吾は嘆息したのみだった。

「今までの自分の言動を振り返ってみたらどうだ？」

「どうしてそんなに冷たいことを言うのっ？　私は修吾さんが好きなだけなのに……ねぇ、だったら私のこと、突き飛ばす？　でもそうしたら暴力を受けたと訴えてしまうかも。それとも襲われそうになったと証言しようかな？　私にそんな非道なこと、させないよね？」

――怖……っ。

恐れ慄《おのの》いた希実は、薄闇の中で蒼白になった。

倉庫内には、花蓮のすすり泣きが響いている。だが一見泣き落としのようだが、実際のところは脅し以外の何物でもない。

しかも表向きは可哀相な美女のまま。あくまでも悪いのは修吾であって、花蓮は哀れな女のポジションを維持している。あまりにも強《したた》か。

修吾がどんな選択をしても花蓮は大げさに騒ぎ立てるのが、容易に想像できた。

――ど、どうしたらいいの……っ？

望んでもいないのに齧《かぶ》りつきの席ですったもんだを見学する羽目になり、希実の手足が震え出した。

その上こんなときなのに、トイレに行きたくなってくる。

さりとてどうすることも許されず、キョトキョトと視線をさまよわせることしかできなかった。

──どうしよう……ああ、もうお昼休憩が終わっちゃう……昼食抜きかな。誰のせいでこうなったと思っているの……！　揉《も》め事《ごと》はよそでお願いします。

恨み言も言いたくなるというもの。

だがきっと、花蓮は希実に『資料を借りてきて』と頼んだことすらろくに覚えていないだろう。

彼女はお世辞にも仕事熱心とは言えない。

さぼっている時間の方が長いくらいだ。花蓮が日々精を出すのは、社内でのお喋りと上司や男性社員とのコミュニケーションばかり。

皺寄せは、希実のような〝文句を言えない〟者へ集中していた。

「……正気か？　全て自分の思い通りになると考えているなら、あまりにも世間知らずだ。それとも想像力が乏しい？」

焦る様子もなく、修吾が冷淡に言葉を紡ぐ。

直球の誹《そし》りは理解できたようで、花蓮が顔を強張らせたのが希実からも見えた。

——火に油を注いでどうするんですかっ？

胸中で猛烈に突っ込んだものの、現実の希実は絶句していた。

これ以上煽《あお》れば、花蓮がもっとやらかしかねない。

最悪の結末がいくつも頭の中を過り、ますます逃げ場のない状況を呪わずにいられなかった。

——私がこの場でできることはひとつもない……いっそもっと奥へ隠れて耳をふさぐ？　そうすれば盗み聞きしたことにはならないよね……。

四つん這《ば》いになり、慎重に移動する。

今なら意志の力で透明人間になれるのではないかという強さで、消えてなくなってしまいたかった。

「……私を侮辱するの？　修吾さんだって私が恋人に相応しいと思っていたから、本気で噂を鎮めようとしなかったんでしょう？」

「そこが一番の勘違いだ。くだらない話なので、敢えて真剣に訂正するまでもないと考えていただけに過ぎない」

だが希実は大事なことをひとつ忘れていた。

足元には、探し出した数冊のファイルが積まれていたことを。

倉庫の奥、暗がりを目指していた希実は、それらへ払うべき注意がつい疎かになった。

バサバサッとファイルが崩れる音がする。

男女ふたりの眼差しが、一斉にこちらへ向けられた。

――あ……っ。

――万事休す……！

咄嗟《とっさ》に全身を強張らせたのは言うまでもない。

自分の口を押さえ、悲鳴を漏らさなかったのがせめてもの抵抗。いや、這い蹲《つくば》ったまま動けなくなったのが正直なところだった。

「誰かそこにいるのっ？」

女の鋭い声が飛んでくる。

刃物の如き鋭利さに、生きた心地もしない。

見つかるのは時間の問題だと絶望感に苛《さいな》まれた希実は、強く目を閉じた。

「出てきなさいよ！　盗み聞きなんて下品な――」

「……この倉庫には鼠《ねずみ》が出ると聞いたことがある」

「ね、鼠……っ？」

「ああ。黒光りする虫も出るから、定期的に薬を焚くとか」

今にも棚の裏側に回り込んできそうだった花蓮が、悲鳴を漏らした。

思わず希実も叫びだしそうになる。

――く、黒光りする虫ってまさか……ゴ、ゴ、ゴ……。

考えたくもない名前が浮かびそうになり、懸命に頭を振った。ただし音がしないよう小刻みに。

そうこうしている間に、何やらふたりの様子が変わった。

「こんな不潔なところにはいられないわ！」

先刻まではふてぶてしかった花蓮が、一転怯《おび》えた声を上げる。

カツカツとヒールを鳴らし、大慌てで倉庫から逃げ出したのだ。

足音が遠ざかり、けたたましい勢いで扉が閉められる。残されたのは静寂。

静まり返った倉庫の中で、希実は震える息を吐き出した。

――た、助かっ……。

が、安堵《あんど》したのも束の間。何かが蠢《うごめ》く気配がする。それも、こちらに向かってくるではないか。

「ね、鼠っ？」

「鼠ではなく人間だ。ちなみに一応断っておくが、鼠や虫の話は嘘なので安心するように。――で、君は一部始終盗み見していたのか？」

「ひぃっ」

もう倉庫内にいるのは自分だけだと思っていた。てっきり修吾も出ていったのだと。けれど違ったらしい。

長身を屈めた彼が棚の裏側を覗き込んできて、希実とバッチリ眼が合ったのだから。

「あ、ぁ、の……」

「君は、佐藤さん？　大人しく真面目な社員だと思っていたが、覗き見の趣味があるとは知らなかったな」

「の……覗き見っ？」

希実は修吾が自分の名前を認識していることにも驚いたが、それよりも続く言葉に愕然《がくぜん》とした。

そんな言われ方をされたら、まるで希実がウッキウキで出歯亀をしていたようではないか。

自分はただただ巻き込まれた被害者だと主張したくて、大慌てで首を横に振り、立ち上がった。

「とんでもない誤解です。私はたまたま倉庫で探し物をしていただけで……っ」

「偶然面白い見世物が始まったから、静かに見学していた？」

「こ、声をかけるタイミングがなかったんです！」

激高した雰囲気はないものの、彼の物言いには棘《とげ》がある。

それはそうだろう。

どんな経緯があったにしろ、他人に見られて嬉しくはない場面を希実に目撃されたのだ。

しかも修吾には社会的な立場もある。

こちらにそんなつもりは毛頭ないが、『これをネタにして恩を売るつもり』または『甘い汁を吸うための取引条件』にされかねないと構えても、仕方がない。

単純に今あったことを言い触らされても、ダメージを負いかねないのだ。

――不実だとか社内で逢引きしていたとか広まれば、評判が悪くなる……。

人の不幸は蜜の味。

まして完全無欠を誇る男の醜聞となれば、さぞや面白おかしく娯楽の種にされる。

人間とはそういうものだ。

希実は決してそんな人種ではなく口が堅い方なのだが、そう主張したところで簡単に信じてもらえるとは思えなかった。

──私なんて、数多いる営業事務のひとり……その気になれば、東雲さんの一存でクビにされてしまうのでは……？

ゾッと背筋が粟立った。

もし無職になれば、とても都会でひとり暮らしなんて続けられない。転職したとしても、同程度の苦労して入ったこの会社は、かなり給料がいいのだ。転職したとしても、同程度の条件で今と同じ金額は望めないだろう。

そうなれば当然、両親は地元へ帰って来いと言うに決まっている。

無駄遣いはせずコツコツ貯金はしていたので数か月はどうにかなるが、すぐに家賃の支払いもままならなくなるのが目に見えていた。

──きっと地元へ戻るしかなくなる……それは、絶対に嫌。

希実の生まれ育った場所は、よく言えば自然が豊富で住民同士の繋がりが強い田舎だ。

人付き合いは濃密で、助け合いの精神に満ちている。

しかし裏を返せば、閉鎖的で古めかしい価値観に縛られた地域でもあった。

つまり、女は結婚して子どもを産んで一人前。

若いうちに嫁ぐほど価値がある。

現代の二十五歳は、まだシングルライフを満喫している者が少なくない――が、希実の故郷では既に〝焦った方がいい年齢〟なのである。

実際、地元に残った同級生らは、結婚して子持ちになっている者が大半だった。

しかも希実のひとつ下の妹が半年前にめでたく婚姻し、姉である自分に対する『早く嫁げ』圧は如実に増している。

そんな状況で無職になってノコノコ帰れば、即お見合いの席が設けられるに決まっていた。

――それだけならまだしも……ほぼ確実に縁談の相手は本家のドラ息子じゃない……お正月に里帰りしたときに話を振られた際は、冗談だと笑ってごまかしたけど……。

たぶん、いや絶対に両親は本気だった。

おそらくかなり乗り気で提案してきたと思われる。

あのときの父母の目を思い出し、希実は意識が遠退くのを感じた。

――二十五歳の娘に、まともに働かない四十半ばの男を勧めるなんて、親としてどうなの……！　しかも若い頃女性関係で色々やらかしたことを武勇伝だと思っているような人を。

通常なら考えられない暴挙だろう。

だがあの土地では罷《まか》り通ってしまうのだ。

適齢期なのに未婚の娘がいることの方が、よほど恥ずかしいという価値観ゆえに。

むしろ地元で力がある家に嫁げて幸せねと、本気で思っている節もある。

——いくら何でもありえない……！　そりゃ両親が、交際経験もない内気な私を心配しているのは理解できるわ。でもあんな人と結婚するくらいなら、独り身でいた方がずっとマシ。

結婚すれば、即三世代同居だ。本家にはニート同然の長男だけでなく、気難しい両親ともっと偏屈な祖父母がいる。

それだけでなく小姑もふたり同居中。

歯に衣を着せず言ってしまえば、最悪の条件を煮詰めたのと大差なかった。

とはいえ、そういう考えを持つのは、希実が都会に出て価値観をアップデートできたからだ。あのまま大学に進学することなく地元で就職していたら、疑問を抱くこともなかったのでは。

しかし職をなくした希実が戻れば、当たり前のようにそんなレールに再度乗せられるに決まっていた。

あの田舎では、女性が高学歴なのは小賢しくなるだけのマイナス要因でしかないのだ。

難関大学卒の希実は、その時点で『難あり』と評価づけられる。

——この会社をクビになるわけにはいかない。私が覗いていたのでも、悪意を持っているのでもないと、どうにかして東雲さんに分かってもらわなきゃ……！

「あ、あの、私……」

「あまりいい趣味とは言えないな」

「趣味ではありません！　む、むしろ見たくもないものを見せられて、こっちの方が被害者です」

ひたすら下手に出て穏便に事を収めようと希実は考えていたが、あまりの言われようにほんのりカチンときてしまった。

それでも普段ならこんな風に言い返したりしない。

だが今はそんなことを言っていられない状況だった。

——だって黙っていたら、望まぬ人生コースまっしぐら……！

せっかく息苦しい地元を離れ、都会の華やかさに馴染めなくても、ホッとできる自分のための生活を手に入れたのだ。

今後も静かで平穏な暮らしを維持したい。

そのためなら勇気を掻き集めて、眼前の男と視線を合わせられた。

「私はただこの倉庫に仕事をしにきたのです。それなのに突然おふたりが私用で揉めだした衝撃を、少しは想像していただけませんか？」

あくまで、就業中にサボっていたのはそちらである。そう言外に滲《にじ》ませて、希実は口から飛び出しそうな心臓を宥《なだ》めすかした。

――私に非はない……はずだよね？

「そ、それに私は今のことを口外する気は一切ありません。噂話は苦手ですし……そもそも社内にそんな話をするほど親しい相手はいません。社外の友人は知らない人のゴシップを聞いても興味がないでしょうし……！　無責任な他人の噂なんて友達も聞きたがりません！」

いつになく大きな声で言い募る。

必死な形相で修吾に訴え、彼の胡乱《うろん》な表情を僅かでも和らげようと試みた。

美形が冷ややかな無表情なのは、甚《はなは》だしく圧がある。じっとこちらを凝視されると、心の奥底を覗き込まれそうな怖さがあった。

──だけど引くわけにはいかない……！

本心では泣きそうになりつつも、希実は死に物狂いで言葉を探した。

「私、東雲さんたちのプライベートに全く関心はありませんので……！　むしろ関わりたくないというか……っ、──あ」

焦るあまり、言い過ぎた。

己の失礼な物言いに血の気が引く。

こんな言い方をされては、誰だって面白くないに決まっていた。悪印象を持たれ、余計に機嫌を損ねかねない。

しかし一度飛び出た言葉は取り消せなかった。

希実は自らの口を手で押さえ、恐る恐る彼の反応を窺う。すると。

「……ふ、随分正直な人だな」

てっきり憮然《ぶぜん》としていると思った修吾は、何故か破顔していた。

肩を震わせ、目尻に涙まで滲ませている。笑いを堪《こら》えられていないものの、懸命に平静を装おうとしているらしい。

「え……あの？」

「社内に親しい友人はいないとか、告白する必要はないだろう。俺たちに関わりたくないと宣言するのも、蛇足だ」

「え、あ、はい。す、すみません……無礼でしたよね……」

「いや、そういう意味ではなく、裏表がない人なのだなと感じただけだ。それに社外の友人も噂話を好まないなら、おそらく君の言っていることは真実なのだろう。類は友を呼ぶ。君がそういう人柄だから、同じような考え方を持つ相手と懇意になるのだろうな」

よく分からないが、何となく彼の言葉に悪意は感じられなかった。

友人を含め、褒められた心地もする。

前のめりになっていた希実は、毒気を抜かれて忙《せわ》しく瞬いた。

「わ、私の主張を信じてくださいますか……？」

「ああ。冷静になって考えれば、君の方が先に倉庫にいたわけだし、俺が飯尾さんに連れ込まれたのは偶然だ。君が先に待ち伏せしていたのではない。飯尾さんの反応からして、結託しているとも思えないしな」

「そ、そんなことしませんよ？」

「君の様子を見て理解できた。君は他人の修羅場を面白がる人でもなさそうだ。俺は冷静なつもりだったが、多少動揺していて判断力が鈍っていたみたいだ。申し訳ない」

　絶体絶命から唐突に抜け出せただけでなく、雲の上の御曹司である修吾に頭を下げられ、希実は驚いた。

　深く垂れられた男の頭頂部を半ば呆然と見下ろす。

　数秒後、ようやく現実が呑み込めて、今度は慌てふためいた。

「そ、そんな……誤解が解けたなら構いません。頭を上げてください！」

「いや、俺が言いがかりをつけてしまったようなものだ。すまなかった」

　──誠実な人なんだな……。

　自身の非を認めて素直に謝罪するのは、簡単なようでそうではない。まして地位のある者なら尚更だった。

　これと言って修吾に対して思うところがなかった希実は、意外な気分で瞠目《どうもく》する。

　自分とはかけ離れた人だと見做していた分、急に親近感すら覚えた。

　──偉ぶったところのない人なのね。社内の皆が憧れる理由がよく分かるな。……キラキラし過ぎて、私には眩《まぶ》しいけど……。

　今だって淡い笑みを滲ませた尊顔が光り輝く勢いで、直視できない。

　希実はやんわり視線を逸らし、改めて彼と自分は住む世界が違うのだと実感した。

「あ……それでは今日のことは決して他言しませんので、私はお先に失礼します」

床に散らばったファイルを拾い、希実は素早く扉を目指した。

まだ全ての資料は揃えられていないが、仕方あるまい。本来、花蓮の仕事だ。

これ以上火の粉が降りかかっては堪《たま》らないので、可及的速やかに離脱しようと希実はドアノブに手をかけた。

だが。

「――まだ俺の話は終わっていないが？」

そっと肩に置かれた手で動きを止められた。

決して強い力ではない。けれど瞬間的に身動きを封じられ、希実は一歩も踏み出せなくなっていた。

「……え？」

「君の言い分は理解した。それを踏まえて――俺からお願いがある」

「お願い……ですか？」

話の流れが読めなくて、どうにも居心地が悪くなる。

チリチリと肌を這う感覚は、『嫌な予感』と言い換えても過言ではなかった。

「そうだ。君とはほんの少ししか話を交わしていないが、君の為人《ひととなり》はだいたい把握したつもりだ」

先ほどと同じで、たぶん悪い意味ではない。

さりとて今度は、『褒められている』とも思えなかった。

背筋を冷たい汗が伝う。叶うなら、逃げ出したい。それなのに身体に力が入らなかった。

結果、動けないまま修吾を見上げる。

長身の彼の顔は高い位置にあった。

女性の中でも小柄な部類の希実からすれば、顎を上げる体勢を取らざるを得ない。

それもごく至近距離に立たれているなら、より顕著だった。

修吾が軽く腰を折って、こちらを覗き込む形になる。

ふたりの視線が絡み、覆い被さるのに似た男の体勢に希実が慄いたとき。

「俺を助けてくれないか？　まさか嫌とは言わないだろう。君は困っている人間を見捨てる薄情な人間ではない」

「な、何故そんな言い方を……？」

まるで希実のことをよく分かっているかのような物言いに、困惑する。

だが彼は意味深に双眸《そうぼう》を細めただけだった。

「……まぁ、社員については、それなりに把握している。――特に気になる相手であれば尚更だ。ところでそんなことより、君がここで起こったことを目撃していたと、もし飯尾さんの耳に入ったら大変なことになりそうだと思わないか?」

「え……」

脅迫だ。

しかも穏やかな笑みを湛《たた》え、人好きのする優しい声音で紡がれた毒。

先刻花蓮が修吾に対して行っていた脅しよりも、ある意味数段酷い。

冷酷にして腹黒。

底知れない恐怖を希実に植えつけるには、充分な威力だった。

「彼女が君に今日のことを全て見られていたと知ったら、プライドが高いので面倒なことになりそうだ。逆恨みするのは間違いないだろうな。飯尾さんは俺と違い、君の口の堅さなんて問題にしない」

「そ、それはどういう……っ」

想像しただけでゾッとした。

おそらく――いや確実に花蓮は希実に対してありとあらゆる嫌がらせを仕掛けてくるはずだ。

それこそ、こちらが退職するまで追い込むに違いない。

ただひたすら、己の〝秘密〟をなかったことにするために。それには目撃者を抹殺してしまうのが一番確実。

自分の恥ずかしい場面を見ていた〝格下〟の女に、彼女が容赦をするわけがない。

全力で潰しにかかってくる。

それはもう残忍に陰湿に苛め抜かれる未来が垣間見え、希実は声にならない悲鳴を上げた。

――駄目。どちらにしてもこの会社にいられなくなっちゃう……！

常務の娘に睨まれれば、特別優れたところがない希実に社内で居場所があるとは思えなかった。

友人も頼れる上司も思いつかない。

つまり困ったときに庇ってくれたり、手を差し伸べてくれたりする存在を期待できないのだ。

正に万事休す。

蒼白になった希実は小刻みに揺れる眼差しを修吾へ据えた。

「わ、私はこの件を誰にも話しませんよ……？　東雲さんも、わざわざ人に明かしませんよね……？」

祈る気分で彼の顔を窺う。

どうか〝いい人〟だという印象を裏切らないでくれ。そんな願いを込め、希実はぎこちなく口元を綻ばせた。

「ああ。ただし君が俺のお願いを聞いてくれれば」

——終わった。

目の前が暗転する。

それは倉庫内の電灯が切れていたという意味ではない。

希実の意識的な何かが、ブツリと途切れたのだ。

「そんなに泣きそうな顔をしないでくれ。可愛くて、少々虐《いじ》めたくなる」

「な……っ？」

幻聴だろうか。そうであってほしい。

とんでもないひと言が聞こえた気もするが、希実は敢えて〝空耳〟だと切り捨てた。

修吾の指先がこちらの頬へ触れる。家族でもない男性に、そんなことをされたのは初めて。

ますます動けなくなった希実は、愕然としたまま彼を見返していた。

長くしなやかな男の指が、皮膚を擽《くすぐ》る。

掻痒感《そうようかん》と奇妙な疼《うず》きがそこから生まれた。

初めは頬骨に沿って。そこから耳朶《じだ》へ。更に唇の縁を。

呼吸を忘れ、その感触に意識の全てが持っていかれる。喘ぐように継いだ希実の呼気は、仄《ほの》かに艶めいた音を奏でた。

「……戸惑っているのか？」

「……あ、当たり前です……っ、こ、こんな……！」

途轍もなく恥ずかしい。だが目を逸らすことも難しかった。

完全に搦《から》め捕られている。真っ赤になった顔も全身も発火しそうだ。全身は汗まみれ。

動悸は過去最高速度を更新していた。

――体内から爆発してしまいそう……！

「ふぅん。便乗して媚びることもないんだな。――面白い」

妖《あや》しい笑みと共に言われて、いっそう希実の困惑が高まった。

冗談にしても、経験が皆無に等しい女に対して勘弁してほしい。本気にはしないものの、冷静ではいられなくなる。

混乱し、思考が機能停止してしまう。

膝が震えて逃げ出すこともできない希実は、潤んだ双眸で修吾を見上げるのみだ。

今やふたりの視線は、至近距離で濃密に絡まっていた。

――こんなに近くで見ても、顔が綺麗過ぎて作り物みたい。ひとつも欠点が見つからない完璧な美貌《びぼう》……肌のきめ細かさ、尋常じゃない。何だか恐れ多いわ……。

現実逃避を兼ねた畏怖《いふ》を覚え、希実はもはや作り笑いも浮かべられなくなった。

「うん、考えれば考えるほど、君が適任だ。今日ここで俺たちが巡り合ったのは運命だな」

「何の話ですか?」

辛うじてあった互いの間の空間が、より縮んだ。

言わずもがな、修吾が希実に一歩近づいたからだ。反射的に後退った希実の背中は、あっけなく壁にぶつかった。

――え……? いつの間に壁際に追いやられていたの……?

彼の腕の檻に閉じ込められる。

顔の横に手をつかれ、いわゆる壁ドン状態になった。

鼻腔《びこう》を擽るのは、上品な香り。おそらく修吾の香水だろう。

希実はあまり匂いの強いものが好きではないが——不思議とその芳香は好ましいと感じた。

不本意ながら緊張が緩む。こんなひと気のない場所で逃げ道を閉ざされているにも拘わらず、警戒心と同等の何かが希実の心臓を弾ませた。

「君が目撃したように、俺は飯尾さんの所業に頭を悩ませている。今回は君のおかげで窮地を脱せたが、また似たような事態が起こるだろう。彼女が素直に諦めてくれれば問題は解決するが……それには俺が別の女性と結ばれるしかなさそうだ」

「そう……ですか。それは大変ですね」

当たり障りない返事で、曖昧《あいまい》に濁す。

下手に同調するのは危険だと、希実の本能が警鐘を鳴らしていた。

それが伝わったのかは不明だが、修吾がふっと口元を綻ばせる。

あまりにも優美なその笑みは、そこはかとなく邪悪さも孕《はら》んでいた。

「ああ。大変なんだ。相手は誰でもいいわけじゃない。今すぐ真剣交際できる女性を見つけるのは不可能だ。偽の恋人役を演じてもらうにしても、相手が約束を守るとは断言できない。実際、これまでにも割り切ったお付き合いのはずが過分な要求をするようになる女性がいてね」

さらりと漏らされた話に、希実の頬が引き攣《つ》った。

要約すると、『遊び相手が本気になり、結婚を迫った』ということか。

――控えめに言って、最低では……いやでも、初めからそういう約束で関係を持ったなら、ある意味誠実なの……？　勝手に条件を変えようとした女性の方が悪い？

「その顔、何か勘違いしていないか？　断っておくが、不誠実な関係を持ったことはない。あくまでもビジネスとして恋人役を依頼しただけだ」

希実の微妙な表情に気づいたのか、彼が憮然とした様子で口にした。

「あ、ああ、そうなんですか……」

だとしても、交際経験も恋愛経験もない希実には、まるで理解できない世界だ。

いっそ『異世界の話かな？』と思った方がしっくり来る。

――私の常識にはないから、考えてもよく分からない。でも、世の中色々あるものね……知らないだけで私には想像もできない世界があるに違いないわ。

理解は無理だと見切りをつけ、希実は強引に呑み込んだ。

どうせ自分に直接関わりがない話だと判断したせいもある。

それが大いなる過ちだと気づいたのは、次の瞬間だった。

「君ならば、俺の理想だ。対価は支払うから、俺と契約結婚しないか？」

「はい……？」

耳は聞こえている。

しかしどうしても意味が汲《く》み取れなかった。ただ修吾の声がリフレインしている。

否、希実の脳が全力拒否をしていた。

「す、すみません。ちょっとぼうっとしていて聞き逃しました。もう一度おっしゃっていただけますか？」

「勿論。俺は飯尾さんからの好意を諦めさせるため、君は彼女に今日のことが露見しないよう、共同戦線を張ろうと提案した。つまり、結婚しよう」

「え……？」

今度は一言一句希実の脳へ突き刺さった。

眼を見開き、あり得ない提案をする男を見返す。

彼は極上の笑みを浮かべ、その秀麗過ぎる顔貌をこちらの耳に寄せてきた。

「ずっととは言わない。一年毎の更新制でどうだ？」

どうだもへったくれもない。そう叫びたいのに、希実は驚愕のあまり言葉をなくした。

想像の斜め上の事態に、頭がフリーズしている。

自分の処理能力を遥かに超えた現実は、まるで悪夢同然だった。

「報酬は充分支払う。婚姻継続年数によって、別れたあとも不自由がないようにしよう。君の生活への影響は最小限に抑えるし、もし異動したいなら便宜を図ってもいい」

「け……結婚ってそんなものではありませんよね……？」

業務契約ではあるまいし。

そう笑い飛ばせたら、どんなによかったか。

けれど希実の口から漏れたのは、か細い呻《うめ》きでしかなかった。

「君にとっても、悪くない話だと思う。数年我慢したら、遊んで暮らせる程度にお礼はする」

「お、お金の問題ではありません！　人生がかかっています。軽々しく頷けることではないでしょう」

「ははっ、君ならそう言うと思っていた。だからこそやはり適任だ。それに俺は君を色々な意味で助けてあげられる。他にも困っていることがあるんじゃないか？」

「何を……？」

クラクラ眩暈《めまい》がして、現実感が希薄になった。頭も全く働かない。

それくらい、修吾が醸し出す空気は異質だ。絶対に頷くべきではない。

今すぐ彼を押し退けて逃げ出すべき。そう希実は頭では分かっているのに、手足を動かせなかった。

四肢《しし》は麻痺《まひ》してしまったかの如く、弛緩《しかん》している。

壁に寄りかかって、辛うじて身体を支えている有様。

彼の呼気がこちらの前髪を揺らし、ざわめいた心が余計に希実の思考を鈍らせた。

「何はともあれ、今日の件が飯尾さんの耳に入れば、君は無事で済まない。とにかく一度よく検討してみてくれ。俺はひとまず仕事に戻る。今日の終業後、改めて話をしよう」

こちらには話すことなどないと、威勢よく気炎を上げるのは脳内だけ。

現実の希実は壁に背を預けたまま、ズルズルとその場に座り込んでいた。

膝が嗤《わら》い、もはや自力で立っていられなくなったのだ。

「では、後ほど」

冷たい倉庫の床に腰を下ろした希実を残し、修吾は颯爽《さっそう》と去っていった。

あり得ない。

考えるまでもなくお断り一択である。

修吾が倉庫を去り、しばらく経ってから自分の席へ戻った希実は、どうやって彼の提案を蹴ろうかで頭が一杯だった。

その様は、傍《はた》から見て鬼気迫るものがあったらしい。

ひとつ幸運だったのは、おかげで不完全な資料を渡しても花蓮が文句を言わなかったことだ。

いつもならオドオドしている希実が、明らかに普段と違う様子で怯《ひる》んだのか。それとも彼女自身、修吾に言われたことが尾を引いていたのかは謎である。

希実には、花蓮を気遣う余裕もなかったのだから。

――契約結婚なんて絶対に無理。つまり偽装。誰かを騙すってことよね？　人として駄目でしょう。嘘は苦手だし、私への影響を最小限にすると言っても、戸籍が関わってくるのよ？　親や周囲へどう言い訳するの。

到底現実的ではない。

人生をかけた茶番なんて、希実には荷が重過ぎた。確実にどこかでぼろが出る。いくら破格の報酬を提示されても、心を揺らがせる気は毛頭なかった。

だが問題は断固拒否した場合だ。

修吾の力で会社を追われるか、飯尾からの嫌がらせに見舞われるか。どちらにしても暗澹《あんたん》たる未来が待ち受けていた。

――地元に帰りたくない……いったいどうしたらいいの。

グルグル考えて、時刻は既に二十時過ぎ。

今日の仕事はどうにか終えたが、いつも通りだったとは断言できない。

気づけば希実は、静まり返ったオフィスにポツンと取り残されていた。残業している者もいるが、大半の社員は帰宅している。

隣の席の花蓮も、定時と共に帰っていった。

――東雲さん、今日の終業後に改めて話をするって言っていた気がする。で、でも私が待つ必要は……ないよね？

律儀な性格が災いして、一方的に交わされた約束でも無視できないのが、希実である。

あのあと心ここにあらずなのも原因のひとつだが、こんな時間まで何となく居残ってしまった自分を罵倒《ばとう》したい気分になった。

——馬鹿正直に待ってどうするの。ううん、私は決して東雲さんを待っていたわけじゃなくて、飯尾さんのミスを修正していただけのはず……だよね？

誰に確認するでもなく、胸中で独り言《ご》ちる。

こんな煮え切らなさだから、花蓮にもいいように利用されるのだと情けなくもなったが、性分なのでどうしようもない。

せめてもの反抗心で今日のところはもう帰ろうと決め、希実は勢いよく席を立ち荷物を纏《まと》めた。

だがぐちゃぐちゃ悩むまいと気持ちを切り替えた矢先、更なるトラブルが襲ってくる。

それは母からの電話。

携帯電話の液晶画面に表示された【お母さん】の文字に気分が急降下したものの、出ないわけにはいかなかった。

希実が気づかぬ振りでやり過ごせる性格なら、おそらくもっと生きやすいはずだ。けれど怯む心を裏切り、指先は従順に通話を選んでいた。

「……はい」

『もう仕事は終わっている時間よね？　ちょっと話したいことがあるのよ』

「丁度帰るところだけど、まだ会社にいるから手短にお願い」

社内の廊下で、多大なる疲労感に襲われる。下手に『まだ仕事中』だと告げれば、『女の子を遅くまで働かせる会社なんて辞めてしまいなさい』と言われかねないなと苦笑が滲んだ。

『こんな時間まで引き留められているの？　全くもう、これだから都会は怖いのよ。やっぱり身内や知り合いばかりの生まれ故郷が一番ね』

予想と当たらずとも遠からずな発言をされ、全身が重くなった心地がしたのは、錯覚ではあるまい。

希実は不用意に言い返して倍の攻撃を受けることを恐れ、無言で母の言葉の続きを促した。

娘の反応をよくも悪くも気にかけない母は、数秒の沈黙などものともしない。すぐに『そんなことより』と話題が変わった。

『愛実《まなみ》が妊娠したのよ。もうすぐおばあちゃんになれると思うと、私嬉しくって！』

弾む声音は、母の歓喜を如実に表していた。

言わずにはいられないといった風情で、華やいでいる。

希実は虚を突かれつつも、電話を持ち直して大きく息を吸った。

「それはおめでとう。予定日はいつ？」

『十月よ。今から楽しみだわ』

愛実は希実のすぐ下の妹で、半年前に結婚したばかりだ。

何はともあれ、おめでたい話題に希実の頬が緩む。

「贈り物は何がいいかな？　お母さんは何を贈るの？　愛実に直接聞いた方がいい？」

プレゼントが重なっては大変なので、その辺りは妹本人と打ち合わせた方が正解かもしれない。そんなことを考えながら希実が歩き始めたとき。

『それも考えなくちゃならないけど、あんたも真剣に自分の身の振り方を考えなさいよ。妹に結婚だけでなく出産まで先を越されて、恥ずかしいと思わないの？』

おめでたい報告で上向きになった気持ちが、再び盛り下がる。

どうやら妹の懐妊よりも、母が電話してきた一番の目的はこちらだったらしい。

「……前にも言ったけど、こっちでは私の年齢でひとりなのは全然珍しくない話だよ」

勿論、恥ずかしくもない。ごく一般的で普通のことだ。

何なら一生シングルライフを選んでも、個人の自由であり権利だった。今の時代、〝結婚＝ゴール〟という考え方の方が視野が狭い。

だが、母にそれを理解してもらうのは困難であるのも、希実は痛感していた。

それに自分だって『一生ひとりで生きていく』という確固たる覚悟は正直ないのだ。

それが、強気に胸を張れない一因でもあった。

『そんなことを言って、嫁ぎ遅れたらみっともないじゃないの！　ご近所さんに何て言われるか……昨日は隣の奥さんに希実の近況を厭味《いやみ》ったらしく聞かれたのよ？　全くもう。自分のところだって嫁に出ていかれたくせに……！』

いつもの愚痴が始まってしまった。

うんざりするが、母が満足するまでこちらから通話を切るのは許されない。そんなことをすれば、後日数倍長い文句がぶつけられるのが関の山だ。

希実は半ば意識をぼやけさせ、相槌《あいづち》を打つだけに徹するのを決めた。

「うん……うん。お母さん、大変だね」

『本当よ。だから希実も早く結婚なさい。前回こっちに来たときにちょっとだけ話をしたでしょう？　あれ、真剣に考えてみた？』

「それって、まさか……」

『そう、本家の坊ちゃんとの縁談よ！　こんないい話、なかなかないわよ。あちらもねぇ、希実がひとつでも若いうちにって言っているのよ』

上の空で返事をしていたが、希実は一気に現実へ引き戻された。

やはり両親はかなり乗り気だったのだと分かり、肝が冷える。

あくまでも冗談や『言ってみただけ』だと信じたかった。

自分とは考え方が悉《ことごと》く合わない親でも、娘を最悪の相手へ嫁がせる真似はしないと。

しかし甘かった。

彼らには己の見栄や周囲の同調圧力に合わせることの方が大事なのだ。

希実個人の幸福より、共同体での立ち位置を重要視するのだと、図らずも突きつけられてしまった。

――何か……すごく疲れたな……。

気力が根こそぎ奪われる。

希実は壁に寄りかかり、脚を止めた。

これでは次に里帰りしようものなら、本当に縁談を纏められかねない。

彼らなりの善意とお節介により、希実の人生は望まぬ方向へ力ずくで修正されるに違いなかった。

——どうすればこの危機を抜け出せる？

『奥手な希実のことだから、私たちが手を貸してやらないとね。次の長期休みは戻ってくるんでしょう？　そのときまでに恋人がいなければ、本家の坊ちゃんとの話を具体的に進めるわよ』

「……あ、ごめんね。充電が切れそう」

死刑宣告にも似た断言に、希実の眼の前は真っ暗になった。母が何か言っていたが、実際充電は残り五パーセント。

丸ごと嘘ではないと言い訳し、通話は切らせてもらった。

母にも悪意はないはずなのに、何故こうまで意思疎通が難しいのか。徒労感と無力感で、いっそその場に座り込みたくなる。

——次の帰郷までに恋人……？　無理に決まっているじゃない！

我ながら悔しい。

アグレッシブな性格なら、期日までに恋人をゲットできるのかもしれない。もしくは、男友達に偽装を頼み込むか。

だがどちらも希実には無理だ。

たった数か月で交際相手を見つけられるはずはなく、異性の友人なんぞひとりもいなかった。

つまり、手詰まり。

最終手段として人材派遣サービスを利用することも模索したが、交際経験すらない自分が親族の前で上手く嘘を吐《つ》ける自信はなかった。

きっとアッサリ鍍金《めっき》が剥《は》がれる。

そうなれば、本家の息子との結婚は確実に避けられなかった。

――だいたい一時しのぎをしても、その後はどうするのよ。人材派遣じゃさすがに結婚相手までは……。

「――佐藤さん、遅くなって済まない。ずいぶん待たせてしまった」

壁に寄りかかって虚脱していた希実の進行方向が、突然ふさがれた。

新たに壁が出現したのかと思ったくらいだ。

すぐ間近にある上質なネクタイを辿り視線を上げれば、そこには眼が潰れそうなほど眩しい笑みを湛えた美貌の男が立っていた。

「あ、東雲さん……」

「待たせ過ぎたから、怒って先に帰ってしまったかと心配していた」

今まさに、帰ろうとしていた途中である。

しかしそう告げる間もなく、希実は修吾にエスコートされて歩き出した。

すっかり母との電話で精神的打撃を受け、考えるのが億劫《おっくう》になっていたのが敗因。

促されるまま気づけば駐車場に停められた車の助手席に座っていた。

「……え？」

車には全く詳しくない希実にも明らかに高級車だと分かる。

革張りのシートは座り心地がよく、重厚感のある内装と広々とした快適な空間。

車内は、先刻倉庫で嗅いだ修吾の香水と同じ香りが漂っていた。

「それじゃ、行こうか」

「ど、どこへですか？」

そしていつの間に自分は彼の車に乗ることになったのだろう。恐ろしいことに、記憶が飛んでいた。

「ゆっくり話をしたいので、落ち着ける場所へ。心配しなくても、君の許しを得ず不埒《ふらち》な真似はしないから」

紳士的な微笑みを向けられ、現金にも鼓動が跳ねた。

別に希実はいかがわしいことをされる不安に駆られていたのではない。だがそういう妄想を抱いたと誤解されたくなくて、妙に慌ててしまった。

「わ、私はそんなつもりじゃ……」

「分かっている。冗談だ」

音もなく車が発進する。

振動はほとんどなく、まるで路面を滑るよう。

こんな乗り心地を体験したのは初めてで、希実は余計に混乱した。

——どうしてこんな展開になったんだっけ……？

さっきまで、母と電話していた。そして自分の将来に関して、絶望感に苛まれていたのに。

今は尋常ではない美形の上司の運転でどこかへ移動している。

呑み込めない状況に希実の頭は空回りする一方だった。

だがそんな中、天啓の如く閃いたひとつの可能性がある。

最悪の未来を回避するためにできること。

希実に選べる最良の方法とは——。

——難癖つけようがない相手と、本当に結婚してしまえばいい。幸いにも最高の適任者がいるじゃない――。

　馬鹿げた考えだと、分かっている。

　人として、越えてはならない一線だ。

　世の中には、どんなに困っていてもやっていいことと悪いことがある。そして今希実の頭に瞬くのは、明らかに後者だった。

　脳内に天使の格好をした自分と悪魔の姿をした自分が飛び回る。

　羽を生やした白と黒の希実は、交互に喋り始めた。

『誇りを擲《なげう》っては駄目よ、希実。人として道を踏み外したら、もう戻れないわ』

『誰にも迷惑をかけず、不幸にならないのに、どうして悩む必要があるの？　しかも向こうから提案してくれたんだよ？　こっちから頼み込まずに済むなんて、話が早いじゃない』

『偽装結婚なんて、犯罪同然でしょ！　これまで清く正しく生きてきた自分を、否定してどうするの』

『犯罪だなんて大げさ。これはただの契約。だから報酬だって堂々と受け取ればいいのよ』

　頭の中で響く言葉は、どちらも説得力があった。

それでも倫理観と理性に則れば、希実が選ぶべきは天使の理論だ。

しかし悪魔の声に耳を傾けている時点で、迷う心があるのは隠し切れなかった。

『自分が助かるのは勿論、人助けにもなるんだよ？　何が問題なの？』

誘惑は甘い。

甘美に心を揺らす。

次第に天使の声が小さくなってゆき、希実は慌てふためいた。

――が、頑張って純真な私……！　どう考えても、常識的に駄目でしょう。結婚だよ？　損得で決めていいことでは……。

『それじゃ黙って、好きでもない四十オーバーの男と結婚するの？　結局誰彼構わずいい顔したいだけのくせに、いい子ぶっちゃって。馬鹿みたい』

己自身の台詞に抉《えぐ》られる。

突き詰めれば希実は〝気弱〟なのを理由に色々なことから逃げていた。

揉めるよりは自分が我慢してしまった方が楽。いい子ぶっていると言われれば、その通りだ。

『耐えている振りしても、最終的には自分で選んだことだよ？　だったら、被害者ぶらないでよね』

致命傷だ。ぐうの音も出ない辛辣《しんらつ》な意見は、悪魔の言葉か天使のものか。

されど、どちらから発されたものであっても、同じことだ。

ずっと眼をそむけていた事実を、暴かれた。

いや、本当は以前から希実だって分かっていたのだ。自身の狡《ずる》さや矮小《わいしょう》さを。本気で自らと向き合って、これ以上ごまかせなくなっただけ。

人とぶつかりたくないあまり、己を殺したのは他でもない希実自身。言い訳できない事実に泣きたくなった。

——どの道を選んでも別の辛さがある。だったら——せめて……。

無意識に拳を握り、歯を食いしばる。

これから自分がしようとしている選択を、口にするのが恐ろしい。きっと後戻りはできない。

それでも、後悔はしたくないと心底願った。

「着いた。どうぞ」

到着したのは、某有名ホテル。

慣れた様子で車を降りた修吾は、スタッフにキーを預けて希実へ手を差し伸べた。

——こ、これは手を握り返した方がいいの……？

戸惑って動けない。硬直した希実を嘲笑《あざわら》うことなく、彼は穏やかに「レストランの個室を予約してある」と微笑んだ。

「レストラン……ですか？」

「ああ。約束通り部屋に連れ込む真似はしないので、安心してくれ」

「そ、そんな心配はしていません」

頬が熱を持っているのが分かる。途轍もなく赤らんでいるに違いない。

それがまた恥ずかしくて、希実は両頬を掌で押さえ、俯《うつむ》いた。

「か……揶揄《からか》わないでください……」

いちいち反応してしまう。そんな自分がもどかしい。

修吾と交わした会話は乏しいのに、ことある毎に経験値の低さを自覚させられた。

「すまない。あまりにも初々しくて可愛いので、つい」

「私相手に、リップサービスはいりませんよ」

「本心なんだけどね」

さらりと口説き文句が出てくる辺り、彼は本当に慣れているのだろう。

女性へ甘い言葉をかけることに、抵抗感がないのだ。

それとも上流階級では常識なのか。

考えても答えが分かるわけもなく、希実は深呼吸で落ち着きを取り戻そうと頑張った。

――うぅ……顔の火照りが治まらない。でも、怯んでいる場合じゃないわ……。

レストランの個室なら、人目を気にせず落ち着いて話ができるはずだ。

それなら、これから自分がしようとしている愚かで身勝手な選択も、やや気が楽になる。

緊張で手汗はひどいし心臓が乱打しているものの、パニック状態にならず済んでいるのは、覚悟を決めたおかげだ。

希実は下手な言い訳を捻じ伏せ、自分の心に素直になることを選んだ。

――こうなったら、とことん悪い女になってやる……！

個室に通され、恭しく椅子を引かれる。

こういった場での振る舞いに慣れておらず戸惑いつつも、希実は必死で冷静な振りをし続けた。

が、そんな薄っぺらい仮面は、修吾にはお見通しだったらしい。

「緊張しないでくれ。取って喰いはしない。――今はまだ」

「今はまだ？」

た。


「いや、ただの独り言だ」

それにしてはハッキリ聞こえた気もするが、希実は軽く頭を振って思考を切り替えた。

今優先すべきは、己の人生を切り開くための、一世一代の大勝負だ。

「ひ、昼間の倉庫でのお話ですが――」

「ああ。条件があればどうぞ。可能な限り君の要望に応えよう」

修吾の中では、『希実に断られる』可能性は排除されているらしい。こちらが拒否するとは思いもよらないのか。

――それとも――絶対に私を逃がさない自信がある……？

喉が猛烈に渇き、希実は眼の前に置かれたシャンパンを一息に呷《あお》った。

ちなみに普段は飲酒の習慣がない。

だからなのか、驚くべき刺激が喉を焼いた。

――っ、強……っ、それに炭酸が……！

噎《む》せ返らなかった自分を褒めてやりたい。

全力を喉に込め、懸命に耐える。しかしおかげでガチガチだった身体は、息が整う頃には僅かに力が抜けていた。

「……お、美味しい、です……」

「それはよかった。気に入ったのなら、お代わりするか？」

「いいえ、もう充分です！」

正直、早くも身体は熱を帯びてきている。頭がフワフワする気もするし、これ以上杯を重ねれば、確実に酔ってしまうだろう。

それは非常に困る。

希実は仕切り直す心地で、水も飲み干した。

「……期限は……どうお考えですか？　設けるおつもりですか？」

「その方が先々の計画は立てやすいな。俺としては最低でも、三年は婚姻を維持してもらいたいと考えている」

「三年……」

長いのか短いのか判断つきかねて、希実は瞳を揺らした。

確かに一年前後では、スピード離婚と言われかねない。

花蓮を諦めさせるにしろ、希実の両親の計画をご破算にするにしろ、効果が乏しいと言えた。

一歩間違えれば、『それじゃあ気を取り直して、次行ってみようか』と言われかねないのでは。

いや、少なくとも希実の父母なら娘の早過ぎる離婚という醜聞を打ち消すために、より強硬に縁談を持ちかける可能性が高い。

初婚の二十代よりも、バツイチの方が中年男性と気兼ねなくマッチングさせられる——そう考える両親がリアルに想像できて、希実は戦慄《わなな》いた。

——駄目だ……親への不信感が拭えない。仮に三年後の離婚だったら、スピードとは言えない分、傷心を装って縁談を断れるかな……それに三年の間に周囲の状況だって変わるだろうし……。

本家の長男も何かの縁で別の女性と結婚している可能性は、ゼロではない。万にひとつ、億にひとつ、奇跡に等しい可能性で希実自身も真実愛せる相手と巡り会っているかもしれないのだ。

——そう考えると、三年は妥当？

「ただし延長は大歓迎だ。都度、話し合おう。ちなみに報酬は——」

「ほ、報酬はいりません。私も実は助かる部分があるんです」

「へぇ？」

修吾が興味深いと言いたげに、目線で続きを促してくる。

どんな表情でも様になるなと思いながら、希実は大きく頷いた。

「でも……このまま仕事は続けたいです。それから東雲さんと別れたあと、ひとりで暮らしていけるよう別の就職先を手配していただければ……」

「君の人生の一時をもらうんだから、相応の礼はするよ。君が望むなら、不動産や株だって存分に——」

「分不相応なものはけっこうです。それに申し上げた通り、私にも利益と打算があるんです。ですから過分な対価は必要ありません」

「……随分、無欲なんだな」

彼がおもむろに双眸を細める。その瞳には、希実の真意を探る色があった。

——変に思われている？　金銭を要求するのが普通だったのかな……だけど私もこの話に乗れば助かるんだもの。厚顔無恥《こうがんむち》に報酬なんて受け取れないよ……。

「欲ならあります。でも身を滅ぼすほど望むつもりはありません。私は静かで穏やかな生活を自分の力で送ることこそ価値があると思っているだけです。いくら裕福でも、満たされないことってありますよね？」

これは紛れもない本心だ。多くを望むと罰が当たりそうな怖さもある。

とことん小市民な希実は、懸命に言葉を選んだ。

「ですから、無欲ではないんです。どちらかと言えば強欲かもしれません。……あ、後出しで要求する気はないので、そこは信じてください！」

ひょっとしたら修吾は警戒しているのかもしれない。

恋人役を依頼した女性が後々契約条件を変更しようとして困った、という話を彼がしていたのを思い出し、希実は慌てて両手を顔の前で振った。

「何なら書面にしていただいても構いません。ですから、契約結婚を——お受けします。あくまでも表向きで中身のない婚姻だと考えていいんですよね？」

籍を入れるにしても、実態は伴わない。

いずれ離婚して、別々の人生を歩んでいくのが前提の関係。

終わりさえ見えていれば、不器用な希実にもこなせる気がした。

「ああ。周囲に俺が妻を迎えたと思わせられれば成功だ。ときには君にパーティーなどの同行を求めることもあるが、君の意思を最優先する。無理強いはしない」

それなら、希実の生活に大きな変化はないかもしれない。

仕事と割り切れば、さほど悪いものとは思えなかった。

「——ただ、ひとつだけ君に聞いてもいいか？」

「は、はい。何でしょう」

「君にも利益があると言ったが、具体的にはどういった内容なんだ？　――よかったら、君の口から聞かせてほしい」

どうにもその点が引っかかっているのか、彼はまっすぐな眼差しを希実に向けてきた。

「協力関係を結ぶなら、互いの目的を把握していて損はない。当然、正当な対価が介在してこそ、対等な共犯者たり得ると俺は考える。それに、パートナーならば相手に抱える問題があれば情報共有すべきじゃないか？」

真剣で誠実な瞳だ。

修吾の立場なら、希実にもっと上から命じることもできるだろうに、そうはしない点に好感が募った。

この場で弱いのは、明らかにこちら。

だがあくまでも上下をつけるつもりはないらしい。

とはいえ〝希実を完全に信頼しているから〟が理由でもないのは、やんわりと伝わってきた。

彼は希実を疑っている。修吾には理解し難い言動が不可解なのだろう。

もっとシンプルに信じてくれればいいのにと思わなくもないが、希実は彼の背景やら人柄やらを思い遣った。

――こういう立場の人だと、心配なのかな。変に言い寄ったり利用しようとしたりする人もいるのかもしれない。――少し、可哀相。

つい同情してしまう希実はお人好しだ。

それでも無条件に他人を信じるのが難しい修吾に、憐れみを抱かずにはいられなかった。

「……実は、先ほどの電話のやり取りが少し聞こえてしまってね。あくまでたまたま。偶然に」

「え？」

おかしな強調をするなと思ったものの、その台詞で希実は彼の真意が察せられた。全部ではなくても、希実が抱える悩みについておおよそ予測がついているのかもしれない。プライベートの問題を他者に打ち明けるのは恥ずかしいが、これ以上はぐらかせないと感じた。

「あの……お恥ずかしい話、両親から勧められている縁談を断りたいんです……」

恥を忍んで、希実は正直にこちらの事情を打ち明けた。

適当な嘘ではおそらく彼を騙せない。ならば手の内を明かして、少しでも信頼関係を築くのが望ましいと判断したのだ。

「誰かに恋人役を演じてもらっても、いつまでも躱《かわ》しきれません。それこそ『はやく結婚しろ』と迫られるだけです。だったら、東雲さんと本当に籍を入れれば、しばらく時間を稼げると考えました」

「つまりご両親に紹介されている相手は好みじゃなかったと」

「好みじゃないどころか……むしろ絶対に嫌です！」

いつになく声が大きくなったのは、それだけストレスが溜まっていたからだった。

前回の里帰り中にチラッと見かけた本家の長男を思い出す。

清潔感のない格好と、尊大な態度。いやらしい目で若い女性陣を不躾《ぶしつけ》に眺めていた。

あの男に嫁ぐのは、想像するだけで苦痛だ。生理的に無理、とはこういうときに使うのだと実感した。

――人を見た目で判断してはいけない……でも、限度がある。それに……両親にも言ったことがないけど……。

実は希実は中学生の頃、強かに酔った本家の長男に抱きつかれたことがあった。

あれは地元の祭りで、一緒に縁日を楽しんだ友人と別れ、ひとり帰路についたとき。

背後から突然抱きすくめられ、酒臭い息を吹きかけられたのだ。

あの瞬間の嫌悪感は今も忘れられない。同時に思い出したくもなかった。

彼は『酔っていた』と笑っただけで、謝罪のひとつもないどころか『ガキが遅くまでうろつきやがって』と吐き捨て去っていったのだが、未だに希実の心の傷になっている。

そんな過去を思い出し、やや興奮気味に希実が気持ちを吐き出すと、修吾が軽く眼を見張った。

たぶん、引かれている。人の悪口を並べ立てる女に嫌気がさしているのかもしれない。

しかし一度口をついた鬱屈《うっくつ》は、簡単には止められなかった。

これまで希実は誰にもこの件について話せなかった分、思う存分本心をぶつけられる相手を見つけ、心が軽くなったのは否めない。

吐き出す場所のない靄《もや》が、急激に晴れていった。

「こ、こんな話をされても東雲さんが困るのは分かっていますが……ごめんなさい、本当は誰かに聞いてもらいたかったんです……っ」

「……つまり、君はご両親からの縁談を微塵《みじん》も望んでいない——と考えていいんだな。――俺の勝手な願望ではなく」

「願望？　えっと、はい。どんな手を使っても断りたいと思っています」

気持ちが昂り、涙ぐむ。

必死に呼吸を整えて泣くまいと頑張り、希実は拳を握り締めた。

「両親に言っても、私の気持ちは理解されないと思います。結婚が一番の幸せという価値観があの田舎にはある……東雲さんにはとても信じられませんよね？　でも都会を離れると、昔の常識がまだまだ罷り通ってしまうんですよ」

「なるほど。僅かな可能性でも、君がお見合いに乗り気ならどうしようかと考えていたが、そういうことなら遠慮はいらないな」

「欠片《かけら》も乗り気ではありませんが、現実問題地方の同調圧力は馬鹿にできません。だから東雲さんとの契約結婚は、私にも利益があります」

どこか自嘲《じちょう》気味にこぼし、希実は大きく嘆息した。

ずっと胸の中に重く堆積していたものが、いくらか解消している。

息苦しさがほんのり癒されていた。

――東雲さんに当たるなんて、迷惑をかけてしまったわ……せめて涙は見せないようにしよう。

これ以上情けない真似はしたくない。

希実が精神を落ち着かせようとしている間に、料理がテーブルへ並べられた。

まずは前菜の盛り合わせから。四角い皿にアボカドを生ハムで巻き揚げたもの、マグロのカルパッチョ、チーズなどが色鮮やかに乗せられていた。

他にも何やらアスパラガスの料理や、キノコのマリネらしきものもある。

どれも食材自体には馴染みがあるが、希実には味の想像がつかない品ばかりだ。

ひと言で言うなら、『美味しそう』。

食欲をそそる香りが鼻腔を擽り、目を楽しませてくれる華やかな色彩が涙を完全に引っ込ませた。

現金なものである。

高級ホテルにあるレストランのしかも個室なんて、格式が高く気後れしそうだが、ちらっと視線を走らせれば幸いにも創作料理なのか膨大なカトラリーは用意されておらず、希実は安堵した。

――色々緊張し過ぎていて、周りを観察する余裕もなかったな……今やっと、店内の内装が眼中に入った気もする……。

そもそもこういう場へ出入りすることには不慣れだ。

けれど希実の感覚からしても、いい意味でこの店は丁度よかった。

いつも行く飲食店とは比べ物にならないほど高級なのは間違いないが、如何にもな仰々しさはない。

とてもシンプル。

さりげなく置かれた調度品は高価に決まっているが、希実に場違い感を抱かせない絶妙な居心地のよさも提供してくれた。

——よく見ると小花柄の壁が可愛いから？　接客してくれるスタッフの方が、にこやかな笑顔で感じいいおかげかな……？

どう見ても修吾の〝オマケ〟でしかない希実に対してもぞんざいな扱いは決してせず、スタッフは穏やかに料理の説明をこちらに向かってしてくれる。

飲み物が提供されるタイミングも完璧だった。

——やっぱり東雲さんはいいお店に出入りしているのね……それに、ひょっとして私に合わせてくれたのかな……？

あまり格式張った店に連れていかれたら、希実は食事どころではなかった可能性が高い。

だからこそある程度カジュアルな店へ連れてきてくれたのだと考えるのは、深読みし過ぎか。

鬱憤《うっぷん》を吐き出してスッキリしたのもあり、希実は勧められるまま前菜を口に運んだ。

「……美味しい、です」

「それはよかった。一応コースを頼んであるが、食べられないものがあれば言ってくれ」

「いえ……好き嫌いはありません。それに、本当に美味しい……あ、これも想像とは違う味ですが、サッパリしていて食べやすいですね。私、とても好きです」

「気に入ってもらえたなら、嬉しい。──君は控えめであまり好き嫌いを口にしないタイプかと思っていたから、安心した」

確かに希実は自らの意見を述べることに消極的だ。特に親しくない相手には、気を遣い過ぎて疲れてしまうこともある。

そういう快活とは言えない面を指摘された気がして、どう返事をすればいいのか分からなくなった。

──食べ物の好みはまだしも、そういえば私ついさっき本家の息子さんの悪口を言ってしまった。……呆れられてしまったかも……。

修吾が黙って聞いてくれたから、調子に乗ったのは否定できない。

口にしなくてもいいことまでぶちまけたと気づき、遅まきながら後悔が滲んだ。

「す、すみませんでした……」

「どうして謝るんだ？」

てっきり不快感を与えてしまったと思ったのだが、彼はそんな様子はなく首を傾げた。

優雅にフォークを動かす仕草が、非常に様になっている。

ただ食事しているだけなのに、不思議な色気が希実を戸惑わせた。

「え、あ……面白くない話を聞かせてしまいました」

「いや、興味深かった。君の為人を知ることができたからな。君は上っ面ではなく、根が純粋で優しい。普通、あり得ない条件の結婚話を持ちかけられたら、もっと怒って当たり前だ。たとえ相手が親であっても、君が自分を殺して人生を捧げる必要はない。でも簡単に割り切れず罪悪感を抱くところが、君のよさであり脆《もろ》さなのかなと思った」

柔らかく細められた眼差しが希実を見つめる。

そんな風に言ってくれる人がいるのは想定外で、一瞬動揺が隠せなかった。

「罪悪感……」

「そうだ。君はご両親の言いつけに逆らうことへ、迷いがある。違う考え方を持っていても、幼い頃に植えつけられた価値観を心の底では完全に払拭できずにいるんじゃないか」

あまりにも図星で、息が乱れた。

希実の根底にあるものを見抜かれている気がする。

両親や地元の考え方に染まっていないつもりで、いざ本当に背を向けようとすると『もしかしたら自分が間違っているのかも』という疑念がこびりついて剥がれない。

呪いに似た存在に、ようやく思い至った。

だからこそ縁談を断ればいいだけの話を、ぐちゃぐちゃ悩んでいるのだ。

「……言われてみたら、その通りです。私……母たちにガッカリされたくなかった部分もあります……」

このままひとりで頑張っても、家族はきっと褒めてくれない。そして希実自身、満たされない日々と向き合い、いずれ地元の価値観に呑み込まれるのが恐ろしかったのではないか。

どちらに転がるにしても、覚悟が足りないから。

親元を離れ都会でひとり生きてゆくのも、故郷に戻り共同体に馴染んで生きてゆくのも。

背負うには荷が重過ぎた。

「もし親御さんがガッカリしたとしても、それはあちら側の問題であって君本人に責任はない」

「……え」

「と俺が言っても、きっと君は自分に非があると感じるのかもしれないな。人一倍責任感が強くて、他者の期待に応えようと頑張ってしまう性格だから」

修吾とまともに話したのは、今日の昼間とこの店に到着してからの短い時間だ。

それなのに彼の物言いには『希実のことなら分かっている』響きがあった。

思い返してみれば、昼間倉庫でも似たような感覚を抱いた気がする。

本来であれば、一方的に理解者面をされても不愉快になるのみ。けれど修吾の双眸が穏やかに希実を見つめてくると、何故かむず痒さと安堵が湧き上がった。

彼からは揺るがない芯めいたものが感じられるからか。

手の届かない雲の上の人が、己の言葉に耳を傾けてくれる感激があるせいかもしれない。

希実は思わず修吾を正面から見つめ返した。

怯え気味の眼差しを、彼はふんわり受け止めてくれる。

絡んだ視線は、とても安らぐものだった。

「……佐藤さん、君の重荷を俺が一緒に背負うことはできる。ひとりで抱え込まず、俺を共犯者にしてみないか？」

「共犯……者？」

「ああ。お互い利用するというより、協力し合うんだ。きっとその方が君には気が楽だろう？　結果は同じだとしても、心構えは大事だからな。とりあえず支え合うパートナーになるのはどうだ？　二人三脚で契約結婚という秘密の舞台を演じてみないか」

覚悟を固めても迷う部分のあった希実の背中が、軽やかに押される。

強気に他人を利用してやると誓ったところで、一歩踏み出すのは勇気がいるものだ。

この期に及んで情けなく足踏みしていた希実は、心の重石が随分減ったのを感じた。

――たぶん……ううん確実に、東雲さんは私のために言葉を選んでくれたんだ……。

彼も目的を遂行するため希実を逃したくないのだとしても、罪悪感を抱かないようこちらに最大限配慮してくれたのだ。

それも、至極さりげなく。道化とも言える軽い口調で。

何て気配りのできる人だろう。

そう思うと、急に修吾に対する親近感が生まれた。

自分とは住む世界が違う人ではなく、地に足がついた親切な男性。そんなイメージが広がり、希実の警戒心は大部分が緩んだ。

「……分かりました。お話、お引き受けしたいです。でも、本当に私なんかが相手で東雲さんは後悔しませんか？　もっと条件のいい方がいらっしゃるんじゃ……」

「君がいいんだ。これでも人を見る目はある。それと──ひとつ言わせてもらう」

己を卑下するうちに俯き気味になった希実は、修吾が言葉を区切ったのを機に視線を上げた。

そこには、余裕の笑みを浮かべた彼ではなく、真剣な面持ちの修吾がいる。

強い眼差しに射抜かれて、逸らすこともできずに見つめ合った。

「今後は『私なんか』を禁止ワードにする。俺が君をいいと思い選んだ。それなのに君自身が自分を軽んじると、俺の鑑識眼が疑われている気分になる」

「そ、そんなつもりは」

「分かっている。君に悪意はないと思うが、人の心はままならない。──もし君がどうしても自分の価値を信じきれないなら、俺に選ばれた事実を信じてみないか？」

かなりの自信家発言に、希実は唖然とした。

しかし彼は堂々として『何か問題でも？』と言わんばかり。

尊敬するほど自己肯定感が高い。希実は持ち得ない強さだ。そこに仄かな憧れを抱かずにはいられなかった。

――少し間違えれば傲慢なのに、素敵に見えるところがすごい。根拠のない自信ではなく、裏打ちされた実績があるからだよね。

眩しい思いで双眸を細める。

希実の頬は、自然と綻んでいた。

「やっと笑ってくれたな」

「え」

「昼間の倉庫からずっと、喰われる寸前の小動物のように怯えていたから、ホッとした。もしや俺が君を襲う肉食獣に見えているのかと……」

「ち、違います！」

自分がオドオドビクビクした小動物っぽいのは否定しないが、修吾を獰猛な獣だと見做したことはない。

――誰にも飼い馴らせない孤高の獣めいたところはあると思うけど……。

どちらかと言えば神獣などの非実在の存在感がある。だが馬鹿げた妄想を口にするのは憚《はばか》られ、希実は曖昧に濁した。

「し、東雲さんは絶対にそんな不埒な真似をしないと信じています」

「信用してくれるのは嬉しいが……俺も一応男だぞ」

「えっ」

不意に甘さを帯びた声音が希実の鼓膜を擽った。

そこからじわじわと熱が滲む。

向かいに座る彼は、とても品よく微笑んでいる。ただし、ほんの僅か危険な色を孕んだ気もした。

微かに瞳が鋭くなる。視線の圧が変わり、空気に濃密な何かが漂った。

――また揶揄われただけ……だよね？

動揺した希実が口元を引き攣らせると、艶めかしさは消えていた。さも何事もなかったかのよう。

実際、特に何もなかった。ただ希実が戸惑ったのみ。それなのに暴れる心音はなかなか鎮まってくれなかった。

「――契約成立、ということでいいか？」

「は、はい」

グラスを掲げた修吾に合わせ、希実も慌ててワイングラスを持ち上げた。

赤い液体がゆらりと波打つ。

飲み慣れないワインの美味しさはまだよく分からないものの、彼とタイミングを合わせて口に含んだ。

「ひとまず婚約をしよう。俺としては今すぐ籍を入れたいところだが、色々準備がある。それに正式に結婚すれば、希実には引っ越してもらわなくてはならない。そちらも心の準備期間が必要だろう」

「……っ」

危うくワインを噴き出しそうになったのは、『引っ越し』を求められた以上に名前を呼ばれた驚愕のせいだった。

一気に酒精が駆け抜けて、顔が真っ赤に染まる。

大人になってから家族以外の男性に、生まれて初めて名前を呼ばれた。それも不意打ちに。

狼狽《ろうばい》する希実を眺めた修吾がぼそりと「ハムスターみたいで本当に可愛いな……」と呟《つぶや》いたのも聞こえないくらい、すっかり動転してしまった。

「ど、同居は……やはり必要ですよね……」

「勿論。別居婚はいらぬ憶測を呼ぶ。心配しなくても、今すぐとは言わない。それにお互い暮らしやすい物件を探さないとな。二世帯住宅のような、あまり干渉しない造りならどうだ？」

それなら、希実も身構えずに済む。同居は仕方ないにしても、やはり男女ふたりで暮らすのはハードルが高いのだ。

「詳しい契約内容を詰めるぞ。正式に文書に落とすのは後日にして、希実の希望条件を聞かせてくれ」

「え、ぁ、ふぁ、はい……っ、そ、それよりも私の名前を……っ」

「籍を入れれば君も『東雲』だ。いつまでも佐藤さんと呼ぶのはおかしい。今のうちから慣れてくれ。それと、俺のことも名前で呼ぶように」

「えぇッ」

驚いたものの、修吾の言う通りだ。この先他人行儀に『東雲さん』と呼ぶ方が不自然で、周囲に疑いを持たれかねない。

大勢の人を騙すのなら、呼び名如きにかかずらわっている場合ではなかった。

万が一にも偽装結婚の事実を暴かれれば、大変なことになる。希実も修吾も無傷ではいられない。

数秒考え悩んだあと、希実は渾身《こんしん》の勇気を振り絞った。

「……し、しゅ、しゅしゅ……っ、修吾、しゃん……っ」

「盛大に噛んだな。少し練習した方がよさそうだ」

嫣然《えんぜん》と微笑まれ、余計に希実の羞恥心が刺激された。もう顔が火を噴きそうである。

そうでなくても心臓が破裂しかねず、息が苦しい。どうにか人間の形を保てたのは、個室に料理が運ばれてきたおかげだ。

レストランスタッフに救われた心地で、希実は深呼吸を繰り返した。

――こ、こんな状態で私今後大丈夫かな……っ？

ひとまず婚約期間を設けてもらえてよかった。

でなければ、彼と即同居だ。いくら形だけのものだとしても、男女がひとつ屋根の下で暮らすのは、希実にとって難易度が高過ぎる。

――まして東雲さ……いや、修吾さんとなんて――。

先行き不安になりつつも、しばらくは〝婚約者〟でしのげるだろう。極力その期間を長引かせればいい。

そう考え、希実は火照る頬を両手で押さえた。

大いに照れて身悶《みもだ》えする希実は、だから聞き逃した。

俯き頬を冷ましているこちらへ、彼が「本家の長男とやらの見合いを強引にさせられる前でよかった」と呟いたことに。

「え？　何かおっしゃいましたか？」

「いや？　チャンスの神は見逃しては駄目だと噛み締めているだけだ」

「……？　そう、ですね？」

何やらまたよく分からなかったが、羞恥心で一杯の希実には深く考える余裕はなかった。

内容の見直し

婚約期間は長めに取る。

その約束は、残念ながら早々に見直されることとなった。

何故なら、希実と修吾が偽の婚約報告を会社にした直後、問題が勃発したからである。

「――ねぇ、正直に言いなさいよ。全部嘘なんでしょう？」

場所は、ある意味おなじみの倉庫。

社内で一番人目につかず、かつ外に声が漏れにくい場所だ。

先日持ち出した資料を『返しておいて』と花蓮に押しつけられた希実が仕方なく倉庫に向かうと、何と彼女があとからついてきており、今に至る。

こういう雑務を丸投げされるのはよくあることなので、油断していた。

よもや鼠などが出ると脅された花蓮が、自ら倉庫に足を運ぶとは夢にも思っていなかったとも言える。

「な、何の話ですか」

希実を壁に追い詰めるのは、険しい顔をした花蓮。

今日も緩やかに巻いた髪に、流行りのメイク、男性受けする服を纏い、隙のない〝社内一の美人〟だった。

だが悪鬼さながらの表情が全てを台無しにしている。

おそらく異性には決して見せない顔で、彼女は希実に食ってかかってきた。

「とぼけないでよ。突然佐藤さんと修吾さんが婚約するはずがないでしょう！　釣り合いが取れていないにもほどがあるわ。大方、煩《うるさ》い周囲を牽制する作戦ってところ？」

正解と拍手したい気分をぐっと堪え、希実は冷汗をかいた。

反射的に動揺が顔に出そうになったが、希実はどうにか表情を取り繕う。

――牽制したい対象の筆頭は飯尾さんなのに、本人はまるで自覚がないのね……それに鼠や虫が気にならないくらい私のことで怒っているのか。

実はこういう事態になることも計算済みだ。修吾と事前に打ち合わせし、問答集や対策も用意していた。

今こそ練習の成果を出す機会。

希実は深く息を吸い込んで、己を鼓舞した。

「……でしたら、私でなく修吾さんに聞いてください」

万が一、ふたりの婚約に関して嫌がらせをしてくる輩がいたら、全ては彼に問題解決を担ってもらう。

希実は一切矢面に立たないことを話し合っていた。

懸命な判断である。

希実では何かしらボロが出かねないし、言い返せる強さもない。

言いたいことがあるなら修吾にどうぞと、速やかにスルーパスするのが大正解だ。

しかも大半の社員は、彼の元までご意見しに行く勇気はないに決まっていた。

――それにしても、さすが修吾さんだわ……想定問題とほぼ同じ。そりゃ、私だって無風でいられるとは思っていなかったけど……婚約報告をしたその日に飯尾さんに捕まるとも考えていなかった。事前に準備しておいて、本当によかった……。

しかしいの一番に突撃してくるのが花蓮なのは、当然とも言えた。

希実と修吾の件は、未だ上層部にしか話が通っていない。勿論、彼の両親には挨拶済みだが、公式発表には至っていないのだ。

――でも彼女の父親は常務であり、社長の盟友……うん。隠せるわけがなかったわ。

そんなこんなで今日くらいは静かに過ごせるものとして油断していたところ、見事に罠に嵌《はま》った状況で倉庫へ押し込まれたのである。

「修吾さんに聞きたくても、今日は朝から来客や会議が多くて、接触できないのよ」

果敢にもチャンスさえあれば突撃する気満々らしい。

花蓮のそういう行動力の高さは尊敬する。

だが別のところで発揮してくれと思わずにはいられなかった。

「……私からお話しできることはありません。結婚を約束したという事実が全てです」

これは嘘偽りも誇張もない真実だ。

本当に希実には、これ以上語れる内容がないのである。修吾との間に馴れ初めも思い出もないゆえに。

いわばペラペラ。突っ込まれては大層困る。

――特に飯尾さんには絶対にバレないようにしないと……。

それには極力彼女とふたりきりにならないのが得策。

用心するに越したことがなかった。

そこで可及的速やかに倉庫から脱出したいのだが、問題は花蓮の方が扉をふさぐ位置に陣取っていることだ。

押し退けて出ていく度胸はない。

さりとていつまでも彼女の罵倒を受け止めたくないし、そもそも仕事中だ。同じ部署の人間がふたり揃ってサボるのは完全に駄目だろう。

焦るあまり希実は、壁にかけられた時計に眼をやった。

「……よそ見するなんて、余裕じゃない。私を馬鹿にしているの？」

言いがかり甚だしいが、強い語調で詰《なじ》られると委縮してしまうのが希実の性格だ。つい首を竦《すく》めた瞬間、花蓮に肩を掴まれていた。

「ねぇ、貴女と修吾さんじゃ釣り合わないにもほどがあるわ。どうせ彼に頼まれたんでしょう？　私に嫉妬《しっと》させたいのよね？」

いったいどう告げれば、彼女に理解してもらえるのか。

何を言っても負けそうで、希実の眉尻が情けなく下がった。

「黙ってないで、何とか言いなさいよ。そっちがその気なら、自力で調べるわ。婚約は表向きで、実体がないに決まっているもの！　貴女たち、恋人の雰囲気すらないのよ。私の眼を騙せると思わないで！」

モテる恋多き女は言うことが違う。

希実を窮地に追い込んでいるのが花蓮だとしても、いっそ清々しい言い切りだった。それに恋人の雰囲気云々を言われてしまうと、反論の余地がないのだ。

紛うことなく、希実と修吾は恋人どころか友人未満なのだから。

精々知り合い。

しかも睦まじい空気感を醸し出せる演技力は希実に期待できない。

ならば花蓮の言う通り、ふたりはまるで恋人に見えないということに違いなかった。

――まずいわ……今はまだ飯尾さんが疑っているだけでも、段々疑惑が大きくなったらどうしよう……。

バレたら何もかもが根底から揺らぐ。

人生をかけた大勝負に敗北の二文字はない。これは、希実にとって負けられない戦いだった。

「飯尾さん、私たち本当に……」

「だから、貴女如きが修吾さんの隣に立てると本気で思っているの？　鏡見てから出直してよ」

ひどい侮辱をぶつけられ、頭が真っ白になった。

直球の罵倒は胸を抉る。

こんな悪口は聞き流せばいいのに、涙腺が情けなく緩んでしまった。

「あんたみたいなの、学生時代にも沢山いたわ。勉強しか取り柄がない、暗くているのかいないのか分からないタイプ。そういうのに限って、あざとく男の同情を引こうとするのよ。佐藤さんもか弱いアピールで修吾さんを誘惑したの？」

「わ、私が？」

とんでもない発想の飛躍に愕然とした。

こちらから彼に接近したことなんて、一度もない。

今だってもし時間を巻き戻せるなら、全力で過去をやり直したいくらいだ。それこそあの日あの時間、倉庫になんて行かなかった。

存外花蓮は想像力が逞しいのか。

驚きで固まった希実を睨みつけると、鼻息荒く長い髪を振り払った。

「なるほど……そういうことなのね。合点がいったわ」

——よく分からないけど、何か勝手に納得している……？　でもたぶん大間違いを犯されている気がする……！

これは小動物の本能。

危険を感じ、身体が全力回避したがった。

だが蛇に睨まれた蛙状態で、希実は直立不動のまま。その間に、花蓮が豊かな睫毛に縁どられた瞳へ、胡乱《うろん》な色を滲ませた。

「私が全部暴いてみせるわ。佐藤さんの本性を白日の下に晒せば、修吾さんの眼も醒めるでしょう。貴女たちが恋人なんかじゃないと社長が知ったら、婚約だって白紙になるに決まっているわ！」

高笑いしそうな勢いで、花蓮が悦に入る。

もはや希実の言葉など、微塵も信じていないらしい。

自身の考えが正しいと疑っておらず、まして彼女の推測の大半が正解なので質が悪かった。

偽装が露見すれば、希実の利用価値はなくなる。当然婚約は無意味なものと化すだろう。

修吾の両親だって希実に悪い印象を持つに決まっている。そうなったら、全てがご破算だ。

こちらも結婚という隠れ蓑を失って、万事休すになる。

つまり、全方向丸く収まらないどころか、ちゃぶ台返しの大修羅場だ。

――どうしよう……修吾さんに報告するにしても、飯尾さんの暴走を止められる予感がしない……！

「ふん、いい気になっていられるのも今のうちよ。化けの皮を剥いでやるから、待っていなさい」

敵意の籠った視線を向けられ希実が委縮している間に、彼女は意気揚々と倉庫を出ていった。

扉が重々しく閉じられる。

残された希実は呆然と立ち尽くすことしかできなかった。


「……ということがあって、飯尾さんが何かしないか不安です……」

萎れた声はごく小さい。

希実は打ち合わせと称して、修吾を呼び出した。

緊急連絡用に交換したアドレスにメッセージを送るのは緊張したが、そんなことは言っていられない。

同じ社内にいても多忙な彼とはなかなか連絡が取れず、結局返信があったのは終業間際。

ふたりは駐車場に停められた修吾の車の中で落ち合うことになった。

「彼女らしいな。それより、希実は大丈夫か？」

「え、私ですか？」

「ああ。彼女のことだから、希実に失礼な態度を取ったんじゃないか？　傷つくことを言われたなら、教えてほしい」

「わ、私は大丈夫です」

まさか心配してもらえるとは思わなかった。

驚いたものの、じわじわと嬉しくなる。彼が何よりもまず希実を案じてくれた事実が、胸に温かく広がった。

「気にかけてくださり、ありがとうございます。でも私よりもこれから修吾さんの方が大変ではありませんか？」

「幸い、今日の俺は予定が詰まっていて、飯尾さんと顔を合わせる機会はなかったが……確かに今後社内で騒ぎ立てられても面倒だな」

まさかそんなことはしないだろうと思うものの、断言できないところが恐ろしかった。

身勝手なところがある花蓮の態度と、倉庫での剣幕が希実の心に影を落とす。

彼女なら後先考えず問題を大きくしそうな気がしたのだ。

――想像もしたくない……だけど否定もできない。

考えただけで憂鬱になり、先ほどから何度目か知れない溜め息が止まらなかった。

「……飯尾さんの行動力であれば、俺たちの周囲を嗅ぎまわるくらいはするだろうな。さて、どうしようか」

「私たちに交流がなかったことなんて、すぐにバレますよね……共通の友人はいないし、行動範囲も重ならない。まず出会う機会がありません。そういう点を指摘されたら……」

「社内でなら面識があっても不思議はない。それに周到に関係を秘匿していたとしても、ごく自然だ。騒ぎになることが眼に見えていたから、正式に婚約するまで秘密にしておきたかったと主張すればいい。それなら、交際の証拠がなくてもおかしいとは言われない」

　確かに彼の言う通りだ。説得力もある。

　だがそれは常に自信を持って生きている者の言葉。

　希実のようにマイナス思考の癖がある人間には、力強く頷くのは難しかった。

「でも……不安です。私、嘘を堂々と吐ける強さはありません。努力はしますが、修吾さんに対して恋人の空気を出せるかも分からないし……」

　不安どころか、全くもって自信がなかった。

　もっとハッキリ言うなら、無理だ。

だいたい『恋人の空気』が如何なるものか、正直分からないのだから。

——名前を呼ぶだけでも心臓が痛いのに、これ以上何をどうすればいい感じの雰囲気が出るのか、考えが及ばないわ……！

こうして車内でふたり並んでいるだけでも動悸息切れが尋常ではない。

ソワソワして一刻も早く車を降りたいのに、甘苦しさが嫌ではないのも事実だった。

視界の端に整い過ぎた顔が映る。端正な横顔は、彫像のようだ。

駐車場内のライトに照らされ陰影が刻まれたせいか、いつも以上に修吾の美貌がくっきりと浮かぶ。

細く長い指がハンドルに添えられる様も、何故か色気を纏っている。リズムを刻む指先がしなやかかつ官能的に見えた。

希実は決して面食いではないものの、圧倒的な造形美を前にすればドギマギせずにはいられない。

しかも狭い密室にふたりきりとなれば、尚更だ。

けれど盗み見るのは失礼だと己を戒め、逸らした視線の先で窓に映る自分と眼が合う。

そこに座っていたのは、冴えない女。

黒髪をひとつに括り、剥げかけの化粧は下手くそ。地味でこれといって印象に残らない顔立ち。実用一辺倒の眼鏡の方が、よほど目立っていた。

――飯尾さんが不釣り合いだと罵るのも当然だわ……こんなダサい女が修吾さんの隣にいたら、悪態のひとつも言いたくなるよね……。

ズンと気分が沈む。

とても直視する気になれなくて、希実はしおしおと俯いた。

――改めて他者に指摘されると、傷つくなぁ……実際、飯尾さんは綺麗だものね。修吾さんと並ぶと、眼福の光景だわ。

彼女は自分の容姿磨きに余念がないので、余計に希実のような女が腹立たしいのかもしれない。

頑張っていない、と思われているのか。

――これでも、昔はそれなりに雑誌を読んだり芸能人を見たりして研究したけど……お洒落って苦手な人間にはどこから手をつければいいのかも分からないんだよね……。

どうせ自分なんて、という気持ちも拭いきれない。

ようは自信がないのだ。『私が何かしても意味がない』と諦めるのが癖になっていた。

「――決めた。それじゃあ早速行動に移そう。希実も異論はないな？」

「えっ？」

物思いに耽《ふけ》るあまり、全く彼の話を聞いていなかった。

だがいつの間にか何かを問われ、同意した形になっていたらしい。

「今日が金曜日でよかった。今夜と週末の予定は？」

「あ、ありませんけど……」

ひとり暮らしのマンションに帰り、だらけた土日を堪能する計画しかない。

作り置き用の料理を拵《こしら》え、溜まった録画を観て、最低限の家事をこなしたら部屋着でゴロゴロするつもりだったのだ。

「だったら、丁度いい。今から希実の部屋へ行こう」

「はいっ？」

裏返り、悲鳴じみた声が出た。

あまりにも予想外で横面を叩かれた心地がする。

しかし修吾は希実の動揺を気にせず、極上の笑顔を向けてきた。

「同居は条件に合う物件を見つけてからのつもりだったが、今すぐ始めよう。ひとまず俺の部屋に越して来い。今夜から準備を始めれば土日である程度荷物を纏められるな？　ああ、本当に必要なものだけ移動すればいい。大きなものは全部こちらで用意する」

「え……あの……」

「それじゃ出発する。行動は早い方がいい。希実の住所を教えてくれ」

「……あ、あ……県を跨《また》ぐんですが……」

サクサクと聞かれ、思わず住所を従順に答えてしまった。

希実の処理能力を超えたせいもある。

修吾が素早くカーナビを操作するのを、呆然としたまま見つめていた。

「案外遠くから通勤していたんだな。毎日大変だったんじゃないか。部署内でいつも一番に出勤しているのに」

「は、早起きは得意ですから……え、私の出勤が早いことをどうしてご存じなんですか？」

「それよりシートベルトを締めるぞ」

「え……っ」

質問には答えない彼がこちらへ上体を伸ばし、希実にシートベルトを装着させた。

その際、ふたりの距離がこの上なく接近する。まるで抱き合っているかのような近さに、一瞬希実の息が止まった。

鼻腔に漂う爽やかな香り。他者の熱。自分を覆う大きな影。

それら全部が希実から冷静さを奪う。慌てふためいて逃げようにも、下手に身じろげば身体が触れてしまいかねない。

掠《かす》めそうで接触しない——そんな僅かな空間が希実を赤面させた。

——心音が響いちゃう……！

ぎゅっと眼を閉じ、どうにか邪念を祓おうと試みる。だが暴れる鼓動の音は大きくなる一方だった。

——そもそもシートベルトなら自分でするのに……緊張で変になっちゃう……！

心ここにあらずで生返事をしていたのが悔やまれる。しかし全てはあとの祭りだ。

修吾が離れていくまで微動だにできなかった希実は、彼が身を起こし運転席でシートベルトを締めたあと、ようやく全身の力を抜くことができた。

——あ……。

残り香が、鼻の奥を擽る。

それがむず痒く、名残惜しい。

上手く表現できないざわめきが、希実の体内で燻《くすぶ》っていた。

「それじゃ、改めて出発しよう」

彼の宣言通り滑らかに発進した車の中で、希実はそっと息を吐き出した。

いつもなら『はい』と返事をするのに、声が喉に引っかかっている。

ただ車窓を流れる景色を眺めることで、沈黙をごまかした。

夜でも眩しい都会の夜景が、希実の焦りなど知らぬ顔で瞬いている。地上の明かりが煌びやかなせいで、空の星や月はどこか存在感が乏しい。

上京したばかりの頃は夜の眩《まばゆ》さに圧倒されつつ、嘆いたものだ。

今でも、昼夜問わず空の美しさに関しては田舎の方が素晴らしいと思っている。それだけは、何年経っても変わらない印象だった。

そして希実は、迂闊《うかつ》にもかなりの時間が経ってから、成り行きで数日後に同居する流れに乗ってしまった事実に気づいたのだ。

「……ま、待ってください修吾さん！」

「高速に乗ってしまったから、今すぐは待てないな」

「えぇえっ」

愕然として車外の様子を窺えば、一般道ではなくなっていた。

「し、下道で行けますよ」

「この方が早いじゃないか。希実も仕事終わりで疲れているだろう？」

お気遣いありがとうございますと言うべきか。

それとも余計なお世話と返すべきなのか。

一瞬悩んだものの、疲れているのは彼も同じだ。しかも忙しい修吾の方が希実よりも肉体的精神的に疲労困憊《こんぱい》しているのは確実だった。

——それなら、修吾さんを余計に煩《わずら》わせる方が申し訳ない？　ここは大人しくするべき？　いっそ荷造りは私ひとりでするると申し出て……いや、同居自体先延ばしにする方法はどこかにないの？

グルグルと考え、頭の中がパニックになる。

まだ、具体的なふたりの生活なんて考えていなかった。婚約期間を限界まで引き延ばし、その間に心の準備をするつもりだったのだ。

それなのに怒涛《どとう》の展開で〝今でしょ〟状態になり、脳が機能停止に陥っている。

無様にも希実にできるのは、百面相しながら思い悩むことだけだった。

「……ふ、希実はコロコロ表情が変わるんだな。可愛いな」

「か、かわ……や、それより先ほどのお話ですが……本気で私と同居するつもりですか？」

「今俺が住んでいるマンションも部屋は余っているから問題ない。ただ――バスルームやトイレはひとつずつだが」

大問題だ。むしろ何も大丈夫な要素がない。

個室は確保できるとしても、それは間違いなくひとつ屋根の下での同棲だった。

当初の予定では完全二世帯住居を用意し、互いの生活には一切干渉しないで済むはずだったのだ。

しかし同じマンションで暮らすとなれば、そうはいかない。

関わらない心づもりであったとしても、視界には入る。生活音だって聞こえてしまう。

その上で、完全無視ができるとは思えなかった。

――お風呂上がりにだらけた格好をしたり、トイレに籠ったりできなくなるよね……それは困る。

希実もうら若い乙女の身だ。羞恥心は人並にある。

この世の美を凝縮したような修吾の前で、自堕落《じだらく》さを開帳する勇気はなかった。

「待って、無理です！」

「だがこのままことを先送りにしていると、飯尾さんに疑われたままになる。彼女は色々横槍《よこやり》を入れてくるに違いない。放置しても構わないが、外野が煩くなれば希実も困るんじゃないか。つけ入る隙を与えても、得なことはひとつもない」

「す、隙……？」

「ああ。これまで俺と交際の噂が流れた女性は、事実かどうか関係なく裏で嫌がらせを受けた。……あの騒動のいくつかは、彼女が何かしたのだと考えている」

不穏なことを言わないでほしい。

希実はヒュッと肝が冷えるのを感じた。

「まさかそこまでは……」

「半端なことをするよりも、俺が希実を大事にしていると印象づける方が手出し難《にく》くなる〝婚約〟は〝結婚〟よりも解消が容易《たやす》い。ここは悠長に時間を稼がず、スパッと籍を入れるのが正解だ」

聞き間違いだと誰か言ってくれ。幻聴でもいい。

希実は大いに顔を引き攣らせ、運転する彼へぎこちない動きで視線をやった。

「冗談、ですよね？」

「ここで冗談を言う必要があるか？　いくら考えても、最適解は俺たちがすぐに入籍し、準備が整い次第結婚式を挙げることだろう」

もう全く頭が回らなくなり、希実は意味もなく忙しく瞬いた。

豪速で何かのレールに乗せられている。途中下車は許されない。

滑らかに流れる車窓の景色も、地獄への直通ルートに感じられた。

――いや、駄目。呆然としている場合じゃない。このままじゃ本当に今すぐ人妻になってしまう……！

どうにかして体勢を立て直さなくては。

この契約結婚を受け入れはしたものの、あまりにも展開が超高速になり、希実は尻込みしていた。

「そ、そうだ。まだ私の両親への挨拶を終えていないのに、一緒に暮らすなんて保守的な父が許さないと思います」

修吾の休みが調整できず、希実の田舎へ行くのは来月以降を予定していた。

既に結婚する旨について話はしてあるが、『お嬢さんをください』『はい』の儀式をしに行くためだ。

だから新居探しはその後だと、希実は油断していたのだと思う。

物件を決め引越しし、本当に〝契約結婚〟するのはまだ先だと――。

「希実の言うことは、尤《もっと》もだ」

「ですよね。だったら……」

「明日、会食の予定が入っていたが、キャンセルする。他のスケジュールも変更可能だから希実のご両親に会いに行こう。確か『会わせたい人がいる』と連絡した日から毎日『一日でも早く連れてきなさい』とせっつかれていると言っていたな。丁度いい。善は急げだ」

修吾の決断が早過ぎて、眩暈がした。

「い、いやっ、ですがうちの家族の予定がつかないかもしれません」

「土日両方とも終日多忙なのか？」

正直に言えば、一流企業の最前線で働く彼よりも希実の両親が忙しいとは思えなかった。たぶん、いや高確率で時間は作れる。

何なら暇を持て余している。

連日『当日でもいいから時間ができ次第一緒に来なさい』と催促が入るくらいなのだ。

こちらが『行きます』と告げれば、準備万端で待っているに違いなかった。

「え……あ、週末はふたりとも家にいると思います……」

こういうとき、咄嗟に嘘を吐いたり適当なことを言ったりできないのが希実である。

早くも白旗を揚げた希実へ、修吾が一瞬だけ美麗な流し目を寄越した。

「じゃあ決まりだな。ご両親へ都合のつく時間を聞いてくれるか？」

手際よく追い詰められて、希実は無意識にシートベルトを掴んだ。

ガンガン外堀が埋められている。

最善の道を選んだはずなのに、何故か窮地に追いやられている気分が拭えない。

これまでの希実の人生は、徒歩の速度だった。それが倉庫での一件から強制的にバイクに乗せられているように、推進力が突然増している。

それどころか今はもう、音速を越えようとしていた。

——何でなの？　こんなイベントが私の人生に起こるなんて……。

「ほら、ご両親も早めに連絡をもらわないと困るんじゃないか？　何も用意していただく必要はないが、あちらにも準備はあるだろうし」

正論だ。

しかも希実の父母を気遣ってくれている。

ありがたいし、異論は全くないのだが。

「ま、まだ……」

「希実のご両親は、とにかく早く顔を出せと言っているんだから、遅れればその分心証が悪くなるし、順序が違うと不快に思うかもしれない。この結婚を滞りなく成功させるためには、やはり挨拶の日程を早めた方がいいな」

圧が強い。

反論する余地がなく、結局希実は促されるまま母に電話をかける他なかった。

遠隔操作されている気がするのは、錯覚だろうか？　完璧に主導権は修吾に握られていた。

一縷の望みで両親に先約があることを願ったが、それは虚しい期待と成り果てる。

隣に座る彼にも聞こえるほどの声量で、母が『明日の昼頃いらっしゃい！　お父さんと待っているわ！』と叫んだからだ。

「よ、予定があるなら無理しなくても……急な話だし……」

『何言っているのよ。どんな予定があったって、こっちを優先するに決まっているでしょう。ああ、楽しみだわ。これでご近所さんにも恥ずかしくない。もう、お相手が普通の社会人であれば贅沢は言わないから！　多少不細工でも収入が低くても、あんたをもらってくれるんだもの！』

ひどい言われようである。

浮かれ散らした母の言葉はそのまま修吾の耳にも入っているのだが、そんなことは想像もしていないに決まっていた。

「希実の好きなもの、作って待っているからね！」

だが愛情があるのも事実。

本気で心待ちにしてくれているのが、弾んだ声から伝わってきた。

──悪く言えばデリカシーがないけど、よく言えばあけっぴろげで裏表がない……だから、嫌いにはなれないんだよね。

父母の価値観に思うところは多々ある。それでも──かけがえのない両親だ。

急遽決まった帰郷に複雑な思いを抱きつつ、希実は通話を切った。

一瞬の静寂が車内に落ちる。

破ったのは、修吾だった。

「……賑やかなお母様だな」

「騒がしくてすみません……私が男性を家に連れて行くのが初めてなので、興奮しているのだと思います」

「希実は誠実に生きてきたんだな。それにとても愛されていると感じた。これは明日、ご両親にガッカリされないよう、俺が頑張らなくてはならないな」

「し、修吾さんがうちの親に失望されるわけがありません。あ、それより母がとても失礼なことを……！」

不細工だとか収入が低いだとか、憶測からの言葉でもどれも無礼千万だった。

遅ればせながら、申し訳なさが募る。

慌てた希実が挽回策を練っていると、車が滑らかに停車した。母との電話で手一杯になっている間に、希実が住むマンションへ到着していたらしい。

「ちゅ、駐車場はその角を曲がってすぐにコインパーキングがあります」

残念ながら来客用の駐車スペースがあるマンションではないので、希実は一番近くのパーキングを案内した。

当然、修吾が部屋に寄るのだと思っていたからだ。

「明日は希実のご両親に会うため遠出するし、今夜の荷造りはやめておこう。ゆっくり休んでくれ。渋滞を考慮して、迎えは九時でいいか？」

「え」

確かに予定が変わったのなら、今夜慌てて荷造りする必要はないのかもしれない。

だがそうなると、修吾はただ希実を車で送ってくれただけになってしまった。

仕事終わりで疲れているところを、しかも高速まで使って。さすがに申し訳なさが膨らみ、希実は狼狽えた。

「その、お茶でも飲んでいかれますか？　あ、でもそれだと修吾さんの帰宅が遅くなってしまいますよね」

緊張感に満ちたドライブではあったが、満員電車に揺られて帰るよりも希実の身体は随分楽だった。

その感謝は伝えなくてはなるまい。

せめてひと息ついてから帰ってもらうべきか、手土産でも渡すべきかを咄嗟に考えた。

――と言っても、大袋入りのお菓子やインスタントコーヒーくらいしかない……。

「気遣い、ありがとう。だが――希実は少し警戒した方がいい」

「え」

悩むあまり俯いていた希実に影が差す。

驚いて視線を上げると、そこにはシートベルトを締めてくれたときと同じようにこちらへ身を乗り出す修吾がいた。

「……っ」

息を呑む音が、鋭く夜の空気を揺らした。

「俺たちは結婚を約束したが、一般的な恋人同士とは違う。軽々しく部屋にあげてはいけない」

「は……はい……っ」

まるでできの悪い生徒になった気分だ。

諭されて、小刻みに頷くことしかできない。

ふ、と唇で弧を描いた彼は、乏しい光の下で尋常ではなく妖艶《ようえん》だった。

「気遣い上手で思いやりがあるのは君の長所だ。思慮深いところも素晴らしい。でも、自分が魅力的な女性であることを、自覚してくれ」

「み、魅力……っ？　私なんか……」

「なんかは禁止だと言ったはずだが？　これからはペナルティ制を検討した方がよさそうだな」

「え」

身動きできなかった。

瞬きすら、完全に忘れた。

軽く顔を傾けた修吾の顔面が更に近づく。

反射的に眼を閉じたのは、希実に明確な意図があったのではない。

ただ驚いたのと、ほんの僅か予感があったのも否めなかった。

「……っ、ふ」

額を掠める柔らかな感触。肌に降りかかる呼気。

刹那《せつな》の接触はさながら幻のよう。ハッと瞼《まぶた》を押し上げたときにはもう、彼の唇は離れていた。

——今、キスされた……？

初めてのことに、確信は持てない。それでも、額に残る微かな感覚が、焦げつきそうな熱を帯びていた。

問い返す眼差しを向ける希実に、修吾は意味深に微笑むだけ。

愉悦を孕む男の唇は、思いの外赤い色をしていた。

「初回だから、今日はこれくらいで許してやる。でもまた同じ過ちを犯したら、本気でキスする」

「キ……っ」

「そうすれば男に対する警戒心を養えるし、同時に俺たちの距離も縮まるかもしれない。初々しい希実も素敵だが、可能ならあと少し打ち解けてくれた方が結婚の真実味が増すからな」

希実の失言に対する罰がキスだなんておかしい。そう言い返したいのに、まともな言葉はひとつも出てこなかった。

それどころか意味を成す単語も思いつかない。

混乱した頭の中はぐちゃぐちゃ。

纏まらない思考のせいで希実の体温だけが上がってゆく。当然、顔どころか全身が真っ赤に茹だった。

「俺が傍にいることに慣れてくれ。他人行儀なままでは、飯尾さんの疑惑を晴らせない」

蠱惑《こわく》的な瞳から眼が逸らせず、魅入られたかの如く、至近距離でふたりは見つめ合った。

震える指先がシートベルトを偶然外す。

突如締めつけられる感覚がなくなり、希実は反射的に車のドアを開け外へ出た。逃げたと言われればそれまで。

だがこれ以上狭い空間に修吾といると、心臓が持たないと思ったのだ。

「お、お、送ってくださり、ありがとうございました……!」

「いいや。この辺り、街灯が少なくて暗いな。やはり一日でも早く俺のところへ越して来い。心配だから。それから明日は九時にここで待っている」

何もかも確定事項として決められ、どんどん退路はふさがれていた。

もはや明日希実の両親へ結婚の挨拶をし、その後同居するのは避けられない道だ。

音速が光の速さになるのも間もなくな気がして、空恐ろしい。

惑乱する希実は、ひたすら頷く以外できなくなった。

「部屋へ入って。見送る」

「い、いいえっ、見送りくらい私にさせてください」

「いや、希実が部屋に入るのを見届けないと心配だ」

「ほ、本当に大丈夫ですから……！　こんなところまで送っていただいただけでご迷惑をかけているのに。それに、この辺り治安はとてもいいんです」

軽い押し問答の末、最終的に希実が折れた。絶対に修吾が引かなかったからである。

彼曰《いわ》く、「希実が無事帰宅するまで、安心できない。俺のことを思うなら、言うことを聞いてくれ」とのことだった。

やや強引な言い回しながらも、本当に気遣ってくれているのが伝わってきて、少なからず胸がときめく。

大事にされている感覚が、擽ったくて心地よかった。

「そ、それじゃ先に部屋に入らせていただきます」

「ああ、お休み。希実」

「お、お休みなさい……」

甘い美声が鼓膜を揺らす。心の奥まで沁み込む優しい響きが、希実の内側で何度もリフレインした。

後ろ髪惹かれる思いで踵《きびす》を返し、足早に部屋に入る。

その数秒後、車の扉が閉められ、ごく静かに発進する音が聞こえた。玄関の扉に寄りかかった希実は耳を凝らし、いつまで経ってもその場から動けない。

ひとりで暮らすようになってから、久し振りに『お休みなさい』と挨拶を交わした。

どことなく擽ったくて、甘酸っぱい。

落ち着かない気分は、決して嫌なものではなかった。

新鮮でときめく。思い描けなかった〝これから〟の生活が微かに見えた気がした。

◇◇◇◇◇

第一印象は『ハムスターみたいな女だな』だった。

小柄でチョコチョコと動き、想定外のことに出くわすと大きな眼を更に見開いて固まってしまう。

一心不乱に回し車に乗るのに似た一所懸命さもあり、それでいて片隅に隠れてじっとしているのも好きらしい。

何より、社員食堂で美味しそうに何かを頬張っている姿には、庇護欲を刺激された。

しかもその後、要領のいい同僚に仕事を押しつけられて尚、懸命に頑張る姿はこの上なく生真面目で不器用であり、そこがまた愛らしく思えたのだ。

三年前の入社式で見かけた佐藤希実は、修吾の愛玩欲を初対面からひどく揺さ振った。

しかし、相手は人間。その上父が社長を務める会社の従業員である。

修吾は希実の存在を把握しつつも、必要以上に踏み込む気は一切なかった。

小さくて愛らしい子がいるな、と認識しているだけで充分。

こちらから仕事以外で関わるつもりは全くなかった。ただしあまりにも仕事量が偏るようなら、希実の上司に忠告が必要だと心に留めていたくらいで。

それでも彼女を見かけた際、自然と眼が行ってしまう程度に、気になっていたのだろう。

手際が悪いところがあっても小さな身体で頑張っており、ミスのない丁寧な事務作業をこなす人材だと評価するくらいには、希実を無意識に観察していたのだから。

――営業事務は会社にとって大事な仕事だ。作成された書類に不備があれば、あちこちに影響が出る。

希実と修吾の接点は特にない。自分が営業部にいた頃には、彼女はまだ入社していなかった。

だから書類の作成者として、彼女の名前を眼にするだけだ。

けれどそのどれもが、見やすく丁寧に纏められていた。

雑に前年のグラフを切り張りしたのではなく、比較対象が一目瞭然になるよう、色彩などにも配慮がされていた。

高齢の役員はタブレットを上手く使いこなせず、未だ紙での資料を欲しがる者も多い。そんな彼らのために、さりげなく紙で出力したものを準備するようになったのは、希実の発案なのだとか。

勿論、紙がもったいない、余計な手間だという意見もある。

しかし一気に全てを削減していく必要もないという考え方も、修吾は同意できた。

結局、数人の幹部のためにわざわざ印刷することを営業事務の誰もが面倒がってやりたがらず、今では希実がひとりで紙の書類を用意することになっているそうだ。

簡単に言えば、『発案者だから』と押しつけられたのだろう。それでも不満も言わず続けてくれている姿勢に、修吾は好感を持った。

トラブルが起きたのはそんなときだ。

とある社員がデータ移行操作を誤って、二十年前の記録を消去してしまう事件が起きた。

絶対にそれがなくては困るというほどではないが、今年度の数字と比較したかった修吾は内心穏やかではなく――。

その当時ならば紙の資料があるはずと、探し出してくれたのが希実だったのだ。

きっと倉庫の中を探し回ってくれたのだろう。しかも自身の業務に支障も出さず。遅くまで残業したのは想像に難くない。

にも拘わらず、自ら己の手柄をひけらかしもせず。

達成感を滲ませ『見つけられてよかったです！　他にも必要なものがあれば、お声がけください』と修吾に届けてくれた笑顔は、眩しかった。しかもその後はアッサリと帰っていったのだから。

これまで散々、些細《ささい》なことをきっかけにしてでも修吾に近づこうとする女性ばかり見てきた身としては、色々な意味で衝撃的だった。

当たり前のように〝お礼〟を要求されると身構えた自分が、恥ずかしくなるほど。

秘かに勤怠記録を確認してみれば、希実は残業の申請もしていなかった。上司の指示があったわけでもないらしい。

あとから聞いた話によると、やや騒ぎになり困り果てて嘆く同僚に、希実が『まだ挽回する方法はありますよ！　少しお時間いただけますか？』と声をかけてきたそうだ。

彼女は、そういう人柄なのだ。よりいっそう気にならないわけがない。

直接話したこともないのに。好印象だけが降り積もってゆく。

視界に入ると、自然と頬が綻ぶまでになるのに時間はかからなかった。

だからこそ、希実が母親からの結婚を急かす電話に困っていることも、先日耳にしたときよりも前から知っていたのだ。

さすがに具体的なお見合い話が進行しているとは想定外だったが。

しかしだとしても名誉のために断言できるのは、『一定の線を越えるつもりはなかった』事実だ。

突如修吾と希実の距離感が狂ったのは、花蓮に倉庫へ連れ込まれたせいだった。

昔から親を通じての知り合いだった分、邪険にできずにいたことが、彼女を増長さ

た。
すっかり修吾の恋人気取りになり、辟易していたところ『話がある』と呼び出され
こちらからもいい加減釘を刺そうと考えていたので、都合がいい――そんな風に
思ったことが間違いだと分かったのは、脅迫まがいに迫られてからだった。
いくら何でも馬鹿げた挑発に乗る気はない。すげなく断ってしまえば、問題解決だ。
そう修吾は楽観視していたものの、花蓮の執拗《しつよう》さは相当なものだった。
本気で自分と修吾が結ばれると信じて疑っていない。相手の事情や気持ちはお構い
なしに、欲しいものを手に入れる貪欲さは、ある意味尊敬に値する。
けれど好きか嫌いかで言えば、圧倒的に後者だった。
端的に言って、修吾の好みからは大幅に外れているのだ。
――俺の好みは、くるくる表情が変わり誠実で心根の優しい、努力家だ。
外見的にも、派手であったり化粧が濃かったり、過剰にヒラヒラフワフワしている
のは苦手である。
それよりも清潔感を重視したい。
媚びを含んだ眼差しにはうんざりしている。どうせなら真摯な瞳に見つめられたい。
せたらしい。

もしくは恥ずかしげに逸らされる視線を、自分に向けたいと思った。

だからこそいくら花蓮に誘惑されても、露ほどの興味も持てず、煩わしいなとげんなりしただけ。

どうやって彼女を穏便に遠ざけられるか——その件で頭は一杯だった。よもやそんな場面を希実に見られているなんて、夢にも思わなかったのだ。

——だからあの瞬間……妙に焦ってしまった。自分に微塵も関心を持たず慌てふためいて逃げようとする希実を、捕まえたいと。

何故興味を持ってほしい相手ほど、欠片も修吾に眼を向けてくれないのか。

全くもっていらない人間はどんどん集まってくるにも拘わらず。世の理不尽を嘆きたくなっても仕方あるまい。

そこで、少々意地悪をしたくなった。

普段の自分であれば、あんなことをするはずがない。

だがあの日は、どうしても勝手に動く口を止められなかった。正確に言えば、止めたくなかった。

せっかく手に入れたチャンスを逃したくないと、本能的に思ったがゆえに。

だがあのときはまだ、そこまで明確に行動を起こすつもりはなかったように思う。

あくまでも、悪戯心が半分だった。

百パーセントの本気ではなかった……と断言はできないが、おそらくそうだ。

可愛くて、これまで自分の周りにはいなかったタイプの彼女とお近づきになれたなら、もう少しだけ愛でてみたい。

その上で可能なら、あと僅か親しくなってみたかった。

いつもなら衝動に身を任せるなど愚かな真似をしない修吾であるが、あの日は本当にどうかしていた。

ついつい調子に乗って、気づけば〝契約結婚〟まで持ちかけていたなんて、今考えても正気の沙汰《さた》ではない。

しかし今更撤回する気はないのだから、最初からこの結果になるのを望んでいたと指摘されれば、反論の余地はなかった。

――俺も大概だな……こんなに自分自身がコントロール不能になったのは、初めてだ。

少々揶揄って満足したら、希実との縁は終わりだと思っていた。

それなのに、現実は着々と彼女の逃げ道をふさいでいる。

爆速で囲い込んで、もはや逃がしてやるつもりは微塵もなくなっていた。

ただの興味本位はいつしか、重く面倒な執着心へすり替わっている。

――ちょっと揶揄うと真っ赤になるところが可愛過ぎて、つい意地悪をしたくなる。

自分の中にやや根性の悪い男がいるのは自覚していた。

可愛いもの、好きなものへちょっかいを出し、その視線を自身に釘付けにしたくなるのだ。子どもっぽい悪癖だと分かっているため、普段は決して表に出さないよう気をつけているのだが、どうしてか希実に対してのみ抑えがきかなくなる。

しかもそれだけに止まらず、笑顔が見たい欲求がどんどん大きくなっていった。

――美味しいものを食べさせたときの表情が綻ぶところも堪らない。押しに弱いが流されるだけでなくちゃんと意見しようと足掻くところもいい。優しく頑張り屋過ぎて、無理しがちなところは心配だから直してほしいな。いや、俺を頼ってくれたらいいのに。むしろ依存させたい。とにかく、全部が可愛い。

希実のいいところを挙げれば切りがない。全てが修吾のドストライクだ。自分でも驚くほど、彼女に嵌ってしまった。

もはや手放すことなんて考えられない。三年で別れるつもりは毛頭なかった。

好きでもない地元の四十男に嫁がせられるくらいなら、自分と結ばれた方がいいに決まっている。

望まぬ結婚を強いられる窮地から救ってやりたいという思いは、裏を返せばそんな条件の男でいいのなら、自分を選べというエゴイズムでもあった。

このまま希実が戸惑っている間に、既成事実を作ってしまおう。

はっと気づいたときにはもう、居心地のいい巣から出たくないと思わせてしまえばいい。

「……ふふ、逃げられると余計に追いたくなるな」

夜の車内でひとり悪辣に笑う男の姿を目撃する者は、どこにもいなかった。

娘さんを私にください

「……お姉ちゃん、騙されているんじゃないの？」

お茶を淹《い》れに台所へ立った希実を追って、妹の愛実がやってきた。

そして失礼千万なことを小声で宣《のたま》ったのである。

「ちょっと……久し振りに会った姉に何てこと言うの」

「だって、あんなとんでもないイケメンでしかも社長令息とか……普通、知り合う機会なくない？　しかも奥手で純情なお姉ちゃんが」

「心配してくれているのか、馬鹿にされているのか微妙なところだけど、修吾さんに聞こえるから黙って」

約束通り、土曜日の昼前に希実は彼と共に実家へやってきた。

いわゆる〝結婚の挨拶〟をするためだ。

娘の連れてくる男を品定めしてやろうと手ぐすね引いて待っていた母は、修吾を眼にした瞬間、出迎えた玄関で動きを止めた。

それはもう、停止ボタンを押されたかのように。

硬直する様は呆然とするハムスターに少しだけ似ていて、希実が複雑な心地になったのは内緒である。

——うん……この辺りではお目にかからない美形が家にやってきたら、そりゃ驚くよね……でも我が親ながら、恥ずかしいから早く再起動して……！

そんな渾身の願いが通じたのか、母はぎこちないながらもふたりを招き入れてくれた。

完全にギクシャクしていたものの、そこは気づかない振りをする。

しかし居間で待っていた父も全く同じ反応をしたので、頭を抱えたくなった。

——こんなときに似たもの夫婦を発揮してほしくなかった……！

しかもそれだけならまだしも、想定外に妹の愛実が同席していたのだ。彼女は『姉の婚約者が見たい』という好奇心を抑えられなかったらしい。

そして台所での台詞に繋がるのである。

「だって、お父さん昨夜は『どんなに根暗で寡黙《かもく》な青年がきても、俺が盛り上げてやる』とか息巻いていたのに、今はもう完全に借りてきた猫状態じゃん……東雲さんが眩し過ぎて目も合わせられない有様だよ」

チラッと居間を覗けば、妹の言う通り両親と修吾は会話が弾んでいなかった。

どうにか母が場を明るくしようと頑張っているが、空回りしている。

芸能人に引けを取らない美貌を前にして、浮かれているのがあからさまだ。舞い上がり乙女のように頬を染める母の姿なんて、正直見たいものではなかった。

対して修吾はと言えば、落ち着いたもの。

にこやかに返事をし、要領を得ない母の話に相槌を打ってくれている。

ただし、古びた畳や使い古されたちゃぶ台、無数の傷が刻まれた柱などの光景が、絶望的に似合っていない。

どう見ても、彼だけがこの場で浮いていた。

「……あんなすごい人がお姉ちゃんを選ぶとは信じられないんだけど」

「いいから口を噤《つぐ》んで」

本当のことは絶対に言えない。

希実は訝しげな愛実を軽くあしらった。

だが内心では心臓がバクバクである。妹の指摘は、見事に核心を突いていた。

――鋭い。でも私だって信じられないことだらけで、今日こうして実家にいること自体、夢だと思いたいくらいなのよ……。

しかしあとには引けない。

湯呑みを並べたお盆を強く持ち、希実は気合を入れ直した。

「……お、おまたせ……」

居間に戻れば、妙な空気が張り詰めていた。

漲《みなぎ》る緊張感やら、浮かれた雰囲気、噛み合わない何かが、家全体を重苦しいものにしている。

平然と普段通りの修吾の方が異質に感じられた。

――どんな胆力しているの……。

「ありがとうございます、希実さん。いただきます」

こちらが手渡した湯呑みをにこやかに受け取り、彼は優雅に口をつけた。そんな仕草も神々しくて、ますますこの家での〝異質感〟が激増する。

既に眼をハートにした母は、口に手を当てて感嘆の息を漏らしていた。

父は、相変わらず魂が抜けた様子で置物状態。

妹は当惑の視線を希実に向けてきた。その双眸には、言葉より雄弁に『やっぱお姉ちゃん騙されているって』と書かれている。

全く失礼な妹だ。

だが立腹できないのは、騙されてはいないけれど、この結婚が本物ではないからに他ならなかった。

家族を、騙している。

そんな後ろめたさに堂々としていられない。

気弱な希実は罪悪感に早くも負けてしまいそうになっていた。

「――まさか希実がこんなに綺麗な方を連れてくるとは思っていませんでしたよ。この子は大人しいでしょう。きっと自分と似ている物静かで内気な男性を選ぶと思っていたんですがねぇ！」

「……いずれ会社を継ぐつもりなのかね」

ようやく話に加われる程度精神的に回復したのか、父が咳払いして口を挟んだ。

とはいえまだ委縮しており、視線は落ち着かないまま。

父の挙動不審な態度に怯むことなく、修吾は上品な笑みを深めた。

「はい。そのつもりで頑張っています。希実さんに苦労をかけないよう努力します」

「まぁ……では希実はいずれ社長夫人に……！」

「お、お母さん、気が早いしそんなことはまだ仮定の話で……！」

先走って近所で吹聴されては厄介だ。

自分たちはいずれ離婚予定。あくまでも仮初《かりそめ》であり、偽の関係なのだ。

もし婚姻期間が思いの外長引いたとしても——希実は社長夫人が務まる器ではないと、自分が一番分かっていた。

偽りに胡坐をかいて、そんな重責は担えない。

少なくとも修吾が会社を継ぐまでには、きちんと身を引くつもりだった。

「あんたったら、東雲さんを捕まえるなんて、すごいじゃないの」

——捕まったのは、どちらかと言うと私です、お母さん……。

「お母さん、お願いだから下品な言い回しはやめて……」

「ま、母親に向かって何て言い草なの。ごめんなさいねぇ、東雲さん。この子ったら真面目過ぎて融通が利かないところがあるでしょう」

後半を修吾に語りかけ、母は大仰に肩を竦めた。

「希実は子どもの頃から大人しくて、男友達もいたことがなかったからなぁ。俺たちが相手を見つけてやらないと、結婚なんてできないと思っていたぞ」

「お父さんまで、やめてったら」

「いいから、ここは俺に任せておけ」

しばらく黙っていた反動なのか、父は希実の制止に耳を傾けず、急に饒舌《じょうぜつ》になった。

そして、言わなくていいことを宣い始める。

「妹が先に嫁ぐだけでもみっともないのに、子どもまで先を越されて。ここらじゃねぇ、高学歴の女は嫌がられるんですわ。だから親の俺たちがいい縁談を用意しなくちゃと焦っていたんです」

「……それが、本家の息子さんとのお話だったんですか？」

心なしか修吾の声が低くなった。

だが変化は本当に微かだ。おそらく気づいたのは希実だけ。

父も母もまるで違和感を抱かなかったのか、上機嫌で頷いた。

「ご存じだったのね。そう、一番いい相手に娘を嫁がせたいと思ったんですよ」

――一番は一番でも、下から数えてじゃないの……？

しかし親の視点から見れば、希実とは正反対の評価なのか。

両親は笑顔で頷き合っている。その表情には、娘を不幸に陥れるつもりが毛頭ないのが伺えた。

「……女性の幸せは婚姻の有無や婚期に左右されないと思いますが」

「ははは、だとしてもやはり一人前になるのは、立派に結婚して子どもを産んでからだ。いくら勉強ができていい大学へ進学して大きな会社には入れても、娘は孫の顔を見せることが一番の親への恩返しだよ。その点、希実は愛実に毎回負けているなぁ」

「そうね。希実には愛実を見習ってこれから頑張ってもらわなきゃ!」

父に悪意はない。母にも。

根深い価値観を疑っていないだけ。

だがそれこそが希実を思い切り傷つけた。

——息苦しいな……きっとこの先修吾さんと別れても……私は地元には戻りたくないかもしれない……。

危うく窒息しかけて、どうにか息を継ぐ。

いつものように聞き流してしまえばいい。何を言っても、どうせ考え方の違いは埋められない。

ここは穏便にやり過ごすべきだ。希実はこの場の空気を換えるべく、ぐっと拳を握り締めた。

「希実、これからは彼をきちんと支えてやるんだぞ?」

父親に背中を叩かれ、希実は強引に笑顔を作る。それが精一杯。返事は上手くできなかった。

「……食事にしよう？　お母さん色々用意してくれたんだよね」

「ええ、勿論。朝から張り切っちゃったわ」

母を促して立ち上がりかける。

けれどそのとき、修吾が希実の手に彼の手を重ねてきた。

「──希実さんは傍にいてくれるだけで、私にとってはこの上なく素敵な女性です。彼女の誠実さと心の美しさが、癒しと力になります。ですから──これ以上何かしてもらおうとは思っていません。むしろ私が希実さんのために何ができるか模索中です」

決して大きな声ではない。それなのに、至極明瞭に響く。

室内は一瞬静まり返った。修吾を除く全員が、驚きに眼を見張っている。

希実が最初に我に返れたのは、彼の手の温もりのおかげだった。

そっと重ねられた大きな掌が、やんわりとした圧と熱を伝えてくる。それが、途轍もなく安堵をもたらす。

不思議と慰められている気分になれた。

「あらまぁ、娘をそこまで思ってくださるなんて！　親として嬉しいわぁ」

やや妙な空気になりかけたのを、明るい母の声が壊した。

今回ばかりは、空気を読まない母がありがたい。

父も引き摺られるように笑い出し、刹那の緊張感は霧散した。

——私のことを庇ってくれたのかな……。

少しだけ辛い気持ちになっていたのを見抜いたのか。

ハッキリと励まされたのではなくても、背中を支えられたような心強さがある。

希実が自覚なく欲しいと願っていた言葉を、修吾がくれたのかもしれなかった。

——私のこと、『素敵な女性』って言ってくれた……それに色々褒めてくれたよね。

両親への牽制だとしても——嬉しいな。

他者に認められることは、自信に繋がる。

特に弱り気味のときにかけられた優しい言葉の数々は、とても希実の心を揺さ振った。

——リップサービスだとしても、構わない。私が今救われた気分になっているのは、紛れもない真実だもの。

親元を離れ、故郷に戻って初めて、味方を得られた心地がした。

毎回里帰り中は、いつ傷つくことを言われても大丈夫なよう気を張っている。そんな希実の背中を守ってくれる人が現れたのかと思えた。

——修吾さん、いい人だな。

希実の尊厳を守ってくれたと思うのは言い過ぎか。

けれど彼のおかげで、下を向かずに済んでいる。それだけで充分だと思えた。

「さ、それじゃ料理を温めるから、貴女たち手伝いなさい」

母の号令の下、希実と愛実が動き出す。

台所へ立った希実の背後へ、妹がそっと近寄ってきた。

「……お義兄さん、いい人だね」

「え？」

囁《ささや》く声に驚いて振り返る。すると愛実がニコリと微笑んだ。

「お姉ちゃんのことよく分かってくれている。それにお父さんとお母さんの戯言《ざれごと》から庇おうとしてくれていたじゃない」

地元に完全に馴染んで見える妹でも、思うところはあったらしい。

まだ膨らみの目立たない下腹を撫で、愛実は器用に片眉を上げた。

「あんまり見てくれがいいから、てっきり根暗なお姉ちゃんを支配しようとする、顔だけのいけ好かない輩かなと思っちゃった。だけど東雲さん、ちゃんとお姉ちゃんを理解してくれている。案外お姉ちゃんって、男を見る眼があったんだね。それに男運限界突破していない?」

「何て言い方するのよ」

「うふふ。優等生のお姉ちゃんが、私昔から自慢だったよ。私には都会で就職なんて思いもつかなかったけど……お姉ちゃんは自力で叶えた。お父さんの寝言なんて気にしないでいいよ」

妹がそんな風に自分を思ってくれていたとは知らなかった。

愛実は勉強が苦手で、度々問題を起こすことはあったが、それでも両親の期待に応えてきたのは彼女の方だ。

希実はこの地域の価値観に照らし合わせると、親不孝者だった。

きっと妹からも『長女のくせに』と呆れられているものだと、勝手に身構えていたらしい。

誤解が解け、肩の力が抜ける。漏れ出た吐息は、どこか気が抜けていた。

「おめでとう、お姉ちゃん」

含みのない純度百パーセントの祝辞が温かい。

けれど祝われるべき結婚自体が、嘘の塊だ。

家族を騙している自分には愛実から祝われる権利がないと思うと、希実は「ありがとう」の言葉が喉に絡み、流暢に発音できなかった。

諸々あったが、両親への挨拶は済んだ。

となると次のミッションは引っ越しである。

日曜日のみでは荷造りが終わらないため、もう数週間は問題を先送りできると希実は踏んでいたのだが。

「とりあえず身ひとつで来ればいい。荷物は追い追い運べばいいだろう。どうせ家具はこちらで新調するつもりだし、当座に必要なものだけ移動してはどうだ。変に時間をかけても仕方ないし、結果が同じなら善は急げだ」と言われて、反論の余地はなかった。

にこやかな顔で修吾に迫られると、何故か逆らえなくなるのだ。

――これが生まれながらにして、上に立つべく育てられた人間と、一般庶民の差かもしれない……。

そうでなくとも人と討論するのが苦手な希実に、勝ち目があるわけがなかった。

しかしこの一連の経緯を人に話しても、冗談だと笑われそうである。

まさか実家からの帰り道、見事に言い包《くる》められ、日曜日には修吾のマンションの一室に希実の部屋ができあがっていたなんて、いったい誰が信じるのか。

希実自身、『現実の速度について行かれない』と思っているのだ。

とはいえまだ、部屋に置かれた家具はベッドのみ。

専用のウォークインクローゼットには、持参した下着や最低限の服が控えめに置かれていた。

彼が用意してくれた部屋は、希実がこれまでひとり暮らしをしてきたマンションの一室（バストイレ、キッチンを含む）よりずっと広い。

白い壁紙はよく見ると模様があって、繊細な品のよさだ。同色の天井はとても高くて清潔感が漂っている。

床は柔らかさを感じる木目調。ところどころ色味が違うのが、お洒落だと思った。

今後は希実が好きなように家具を選び飾っていいと言われている。気に入らなければ壁紙や床材を変えてもいいとも。

到底そんな気にはなれず、速やかに断ったのは言うまでもなかった。

——落ち着かないな……このベッドだって急遽取り寄せたんだよね？　しかも寝心地が悪かったら買い換えようって言っていた。いやいや、これ……家具に詳しくない私でも知っている有名ブランドのものでしょう？　いったいいくらするの……。

実際、腰かけた感触は極上だ。

おそらく寝心地も最高に決まっている。

普通なら何度も店に足を運び、製品を直に確かめて、吟味を重ねた挙句、清水の舞台から飛び降りる覚悟で購入を決めるレベルの品だ。

おいそれと『チェンジで！』などと言うのは、確実に罰が当たる。

むしろこの高級なベッドに希実が相応しいのかという話だった。

――うぅ……部屋に置いてきた狭くて硬いシングルベッドが恋しくなる日が来るなんて……。

特別気に入っていたのでもないが、今は妙に懐かしい。

希実は新品の寝具を摩《さす》りつつ、無意識に溜め息を漏らした。

「――片づけは終わったか？　こっちでひと息つかないか？」

扉がノックされ、希実は素早く立ち上がった。

片づけも何も、着替えを数枚クローゼットへ収納し、基礎化粧品などを置いただけだ。

それこそ旅行に行くときよりも荷物は少なかった。

あまりにもやることがアッサリ終わってしまい、『さてどうしようか』と迷っていたところだったのだ。

「は、はい。今行きます」

正直部屋を出るタイミングも掴みかねていたので、丁度よかった。

声をかけてもらえたのを機に、希実は扉を開ける。

そこには、いつもよりもラフな格好をした修吾が微笑んでいた。

だらしなくは見えない、質のいいスウェットパンツとロングTシャツ。

隙のないスーツ姿ばかり眼にしていたので、新鮮だ。髪形も崩されて、まさに〝オフ〟なのだと分かった。

――こういう格好もするんだ……でも、すごく似合っている。格好いい人は、何を着ても素敵に見えるんだわ……。

「希実も楽な格好に着替えて大丈夫だぞ？　もしかして部屋着は持ってきていないのか？」

「え、いいえ。あります。で、でもこのままで平気なので……！」

一応お気に入りの部屋着は持参していた。

だが、この流れで『それでは』と着替える勇気はとてもない。

何せダルンダルンに伸びたTシャツに、毛玉だらけのカーディガンである。しかも下は寝間着感強めのパンツ。

そんな恰好で彼の前に立つなんて、想像しただけで意識が遠退きかけた。

――無理……いくら私でも恥ずかしい……！

どうして可愛いと評判の、女子に人気がある部屋着のひとつやふたつ所持していなかったのか。

自分を責めても、洒落た服が降って湧くはずもない。

曖昧にごまかして、希実は早急に見られても問題ない部屋着を購入しようと決めた。

――今日中に通販しよう。出費は痛いけど、しょうがないわ……。

他人と暮らすのも大変だなと仄かな後悔が胸を過《よぎ》る。だが鼻腔を擽る香《かぐわ》しいコーヒーの香りに、もやもやは押し流された。

「え……コーヒーを淹れてくれたんですか？」

「ああ。あ、紅茶や緑茶の方が好きか？　美味しいチョコレートケーキがあるから、コーヒーの方が合うと思ったんだが……」

「あ、いいえ不満だったわけじゃありません！」

申し訳なさげな修吾に、希実は慌てて首を横に振った。

「まさか修吾さんがそんなことをしてくださるとは思わなくて……」

「ひとり暮らしが長いから、ひと通りのことはできる。ただ忙しいせいで最近は外部に委託していることも多いけどな」

軽やかに笑った彼は、希実をリビングへ案内した。

テーブルには既に、コーヒーとケーキが用意されている。

ミルクピッチャーと砂糖の入った可愛らしいキャニスターも準備されている辺り、雑貨にも拘《こだわ》りがあるのかもしれない。

修吾の部屋は全てが洗練されていた。

――何だか、ここでは私が異物って感じだわ。私の実家では、明らかに修吾さんが異分子だったけど……。

「座って」

椅子を引かれ、エスコートされ慣れていないので戸惑った。

どうも気持ちがふわふわしてしまう。

緊張の面持ちで希実が腰をかけると、向かいの席に彼が座った。

「このチョコレートケーキ、実家の近所にある洋菓子店が作っているんだが、絶品だぞ。その気になればもっと手広く展開できるのに、店主が頑として首を縦に振らない……ああ、以前出資させてくれと申し込んで断られているんだ」

「……甘いもの、お好きなんですか？」

少々意外だ。

修吾はどちらかと言えば辛いもの好きのイメージがあった。

飲み物はブラックコーヒーや洋酒を好み、菓子の類には見向きもしないと勝手に思っていたのだ。

――以前一緒に食事をしたときには、頭が大混乱中で、彼がデザートを食べたかどうか全然覚えていないわ……。

しかし眼前のチョコレートケーキに対する情熱が感じ取れ、希実はしばしポカンとし彼を見つめた。

「ああ。目がない。和菓子も好物だ。出張で海外に行くと、つい現地のスイーツを食べ歩きたくなる」

想像もしていなかった返答をされ、希実は瞬いた。

自分も食べることは大好きだ。特に初めて口にするものにときめいてしまう。保守的な性格ではあるが、こと食に関しては冒険心や好奇心が強い。

希実の中で修吾に対する親近感がぐっと湧き、可愛いな、と自然に感じた。

「甘党の男は嫌か？」

「とんでもない。食の好みは人それぞれですし……私も甘いものが大好きなので同じ趣味があるのは嬉しいです」

規模は違えど、希実も遠方に行った際はついご当地スイーツを買ってしまう。

まるで共通点がないと思っていた修吾と重なる部分を見つけ、とても嬉しくなった。

「あの、ちなみにチョコはビター系とミルク系どちらがお好きですか？」

「そうだな、俺はカカオ七十パーセント辺りが一番好みだ」

「私もです！　すごく甘いのもいいですが、苦みも欲しいですよね！」

意見が合致して笑顔が漏れ出た。

すると彼が朗らかに目元を綻ばせる。

「このケーキは丁度それくらいのビターさなんだ。ぜひ食べてみてくれ」

「わぁ……いただきます」

俄然楽しみになり、希実は一口味わった。

すると濃厚なチョコレートの味が口内に広がる。仄かに洋酒も香り、後味が華やかだ。

しっとりとした触感がほどよく溶けていった。

「美味しいです……！　これはきっとコーヒーが合いますね」

「気に入ってくれて、よかった」

食べ進む毎に幸せが膨らんで、希実はニコニコしながら夢中で口に運んだ。

甘過ぎないケーキに、これまた薫り高いコーヒーが相乗効果を発揮している。交互に口に含むと、もう笑顔が止まらなくなった。

「修吾さんは素敵なお店をよくご存じなんですね」

「食べることが好きだから。でもひとりでよりもこうして誰かと食事する方がずっと美味しい。希実が嬉しそうに食べる姿は、最高のスパイスだな」

修吾がフォークを口に運ぶ様は、あまりにも流麗だ。

ただチョコレートケーキを食べているだけなのに、とても絵になる。

面食いではないはずの希実ですら、束の間眼を奪われずにはいられなかった。

「会食は結局のところ仕事の延長だし、多忙な友人と予定を合わせるのは難しい。かといって女性を誘うのはリスクがある。となると必然的にひとり寂しく食事をせざるを得ない。これからは希実が付き合ってくれるのかと思うと、心の底から楽しみだ」

「わ、私なんかが役に立てるかどうか……」

「互いのことをよく知るためにも、これからは可能な限り一緒に食事をしよう」

「も、勿論です。喜んでご一緒させていただきます」

それくらいお安い御用だ。

むしろ共に暮らしているのに食卓は全て別の方が不自然だろう。

まだ彼と同じ空間にずっといることには慣れないものの、ふたりで向かい合って食事することに苦痛はなくなっていた。

それどころか希実としても無言で黙々と食べるより、ずっといい。

これなら同居生活もさほど苦労せずに済むかもしれないと、内心ホッとした。

次の瞬間。

「それから、また『私なんか』と言ったな?」

「え」

愉悦を孕んだ修吾の声に、希実は狼狽えた。

口の端から、ケーキの欠片がポロッとこぼれる。

落としかけたフォークが皿とぶつかって音を立て、そちらに気を取られた隙に、彼が腰を上げていた。

「ペナルティだ」

「……!」

座ったままの希実の横に影が差す。

修吾がすぐ脇に立ち、見下ろしてきた。その眼差しは複雑な色をして、希実の内側をざわめかせる。

泳ぐ視線は、艶めいた彼の笑みに搦め捕られた。

頬に添えられる男の掌に、そっと上向かされる。決して強引な素振りではない。けれど抗えなかった。

顔を軽く横に傾けられ、ゆっくり修吾が近づいてくる。

殊更《ことさら》時間をかけられているのは、ひょっとしたら希実に逃げる隙を与えてくれているのかもしれない。

だが——どうしても動けなかった。

指一本。瞼も。喉まで機能停止している。眼鏡を外されても、硬直したまま。

役立たずに成り果て、あろうことか待ち望むように、希実は薄く唇を開いた。

「……っ」

触れ合った唇は、想像よりずっと柔らかく——熱かった。

耳殻をなぞる指先が、擽ったい。呼吸をしていいのかどうか判然とせず、希実は息を止めた。

含み笑いが聞こえたのは、気のせいだろうか。

希実の呼気を促すように後頭部から襟足にかけて撫でられ、背中をポンポンと叩かれた。

それでも唇は解かれない。

食いしばった歯列を彼の舌が辿り、こちらがビクッと慄けば、苦笑の気配と共に鼻が擦り合わされた。

混乱の極致にあって次第に息が苦しくなってくる。

されど嫌ではない。

こんな不意打ちのキスに嫌悪感を抱かないことが不思議で、希実はいっそう何をどうすればいいのか分からなくなった。

当然、呼吸は忘れたままだ。そろそろ限界に差しかかり、修吾を押しやるべきかどうか迷う。

無理やり彼の身体を突き飛ばせない理由には、思い至らず。

幸いにも、希実が呼吸困難で意識を飛ばす前に、口づけから解放された。

「……慣れてくれ。俺たちが本物の夫婦に見えるよう、これからも自然な接触は取り入れていこう」

クラクラ眩暈がする。

霞む視界の中、修吾が濡れた唇を親指で拭っているのが視認できた。

ほんのりと紅潮する男の頬が非常にいやらしい。官能的で、ゾクゾクする。希実の見知らぬ感覚が体内を駆け抜け、無意識に膝を擦り合わせた。

もし今自分が立っていたら、きっと腰が抜けていたに違いない。それくらい全身が虚脱していた。

「や、やっぱりペナルティでキスなんて、へ、変……っ」

「俺たちは夫婦だ。これくらい普通だろう？　普段から慣れておかないと、周囲に疑われかねない。微妙な空気感は、案外他人にも伝わるものだ」

そうなのだろうか。希実には未知の世界だ。

しかも今は頭がぼぅっとして、思考は全く纏まらなかった。

ひたすらに鼓動の音が煩い。どこもかしこも汗まみれ。

脳はのぼせてしまったのか、何も考えられなかった。

「け、契約では、私たちは全部振りだけだと……！」

「今の希実は、俺が手に触れただけでも緊張で固まってしまうだろう？　それではあまりにも不自然だと思わないか。きっと飯尾さんならすぐに俺たちが〝他人〟だと見抜く。だからせめて軽い接触が日常になるよう、慣れてくれ」

「な、慣れる……？」

「ああ。安心しろ。希実が本気で嫌がることはしないと約束する」

本気で嫌がることとは具体的に何を意味するのか。

今だって、大いに困り果てている。

だが嫌かと問われれば即答できないのが不可解だった。

その上堂々とした修吾の態度を前にすると、無条件で彼が言っている内容が正しい気がしてくるから厄介だ。

いまひとつ納得できない部分はありつつも、最終的に希実は頷かざるを得なかった。

「そう……です、よね。まずは飯尾さんの追究を躱さなくてはなりませんし……」

「ああ。昔から知っているが、彼女は欲しいものを手に入れるまでなかなか諦めない。こちらも万全の態勢で迎え撃たないと」

「わ、分かりました。頑張ります」

「理解してくれて、安心した」

極上の笑顔で彼が希実の眼鏡を返してくれる。

他者から顔に眼鏡を乗せられたのは初めてで、そのことにもドギマギせずにはいられなかった。

「……希実はコンタクトやレーシック手術を考えたことはあるか？」

「えっ、いえ特には……」

「眼鏡に拘りがある？」

「そういうわけではありませんが……」

急に話題が変わり、混乱が尾を引いている。

とにかく質問に答えるべく、希実はひとまずキスに関してはいったん脇に置くことにした。

「コンタクトも手術もちょっと怖くて……小さい頃から眼鏡が当たり前だったので、特別考えたことがありませんでした」

それに何となく、『洒落っ気づいた』と思われることが怖かった。

――自意識過剰だと思うけど……。

「なるほど」

「でも何故突然そんなことを聞くのですか？」

長年眼鏡をかけ慣れていると、何もない顔を見られるのが気恥ずかしいときもある。

希実は、ズレてもいない眼鏡をわざとらしく直した。

「希実は眼鏡が似合っているけど、なくても可愛いなと感じたからな」

かった。

破壊力のある台詞に、噎せるかと思った。喉奥がキュッと詰まる。

せっかく治まりかけていた動悸が乱れ、顔が赤らみ、汗が噴き出すのが自分でも分かった。

「……っ？」

「じょ、冗談はやめてください」

「冗談じゃない。それに遊び心のあるフレームの眼鏡も似合うんじゃないか？　もし希実に興味があれば、今度俺と一緒に選びに行こう。コンタクトを選択肢に入れるのもいい。一度眼科で相談してみよう」

今希実が身につけている眼鏡は、とてもシンプルなオーバルタイプだ。

購入したときには〝気に入った〟というより〝一番無難〟だと感じたから。試着もそこそこに、度があっていればデザインはあまり重視していなかった。

そういう基準しか持っていないため〝遊び心のあるフレーム〟なんて視野に入るはずもない。

いや、正確に言えば、恐れ多くて試着も躊躇われた。

けれど興味がないかと問われれば、答えは否だ。本当は、ひとりで選ぶ度胸がないだけ。

ショップスタッフに嘲《あざけ》られている被害妄想が邪魔をして、『可愛い』と感じた品に手が伸ばせなかったのだ。

「修吾さんと一緒に……ですか？」

「ああ。俺に選ばせてくれないか？　そうだ、他にも希実が持ってきた服だけでは不充分だな。以前にも言ったが、今後はパーティーの同行をお願いする機会も出てくる。せっかくだから必要なものを揃えよう」

言うなり、テーブルの片隅に置いてあったタブレットを彼は確認した。手早く操作し、どうやらスケジュール確認しているらしい。

しばらくしてから、こちらに向け微笑んだ。

「再来週なら半日時間を作れる。そこで諸々買いに行こう」

「え……っ」

――こんなに綺麗な人と私が……？

初めに浮かんだ感想は、『並んだら冒涜《ぼうとく》になるのでは？』だ。

きっとどういう関係なんだと好奇の視線に晒される。おそらく誰も、ふたりを夫婦とは思わないだろう。

希実は想像してみて、よくて〝主人と使用人〟悪くて〝被害者とストーカー〟なのではないか不安になった。

それくらい、どう考えても自分たちは不釣り合いなのだ。

「え、や、修吾さんに迷惑をかけられません……！」

「迷惑？　どうして俺に？　……ひょっとして、俺と出かけるのが嫌なのか？」

顔を曇らせた美男子の姿に、希実は慌てふためいた。

修吾との外出が嫌なわけではないが、だからと言って大乗り気でもないのが本音である。けれどそれを説明するのは難しい。

誤れば、彼を傷つけかねない。

今でも修吾はほんのり打ちひしがれて見え、希実は罪悪感に襲われた。

「い、嫌なはずありません。た、楽しみです」

苦手な嘘が、ペロッと出てくる程度には、彼を萎れさせたくなかった。

「それを聞いて安心した。では再来週、土曜日の午後に出かけよう。もし行きたい店があれば、リストアップしておいてくれ。特に希望がなければ、俺が選んでおく」

「お、お任せします……」

パーティーに着ていくドレスを購入する店に、あてはない。

ショッピング自体、通販が基本の希実に〝行きつけ〟もなかった。

「分かった。希実に似合いそうなショップを考えておく。今から楽しみだな」

「は……はは……ありがとうございます」

――男性は女性の買い物に付き合うのが苦手な人が多いと聞いたけど……何故修吾さんはやる気なの？

これもまた、彼ならではの気遣いなのか。

偽物であっても妻がダサいと困るのだろうかと、ついつい疑心暗鬼になる。

そうでないなら、希実は『自分なんかを連れ歩きたいわけがない』と言葉にしかけ、慌てて打ち消した。

――頭の中で考えただけの『なんか』はセーフでも、用心に越したことはないわ……そういう発想があるから、つい口を突いちゃうんだもの……！

これからは重々発言に気をつけねば。

でないとまた、ペナルティと称してキスされてしまう。

未だ唇に残る感触が生々しく、希実は淫猥な妄想を振り払った。

経験値が乏しい自分には刺激が強過ぎる。

先ほどの口づけを思い出すだけで、その場を転げまわりたいくらいの羞恥に襲われた。

「初デートだな。ああ、ホテルで食事をしたのが一回目とカウントすると、二回目か」

対照的に修吾は平然としたものだ。

椅子に腰かけると、残りのチョコレートケーキを食べ始める。その上希実と眼が合うと、悪戯な仕草で一口分を切り分けた。

「俺の分も食べるか？　どうぞ」

差し出されたフォークには、美味しそうなケーキが刺さっている。

それが希実に向けられているのだ。

つまり『あーん』を求められているのが、鈍い希実にも理解できた。

「なっ、は、ぇッ」

「ほら、早く食べないと落ちてしまう。口を開けて」

――私は今、何を言われているの……？

なけなしの平常心が脆く崩れる。

チョイチョイと動かされるフォークには、何らかの魔法でもかかっているのか。

いつもの希実なら狼狽したまま動けなくなるのに、今日に限って引き寄せられた。

まるで操られているよう。

実際、彼の声には生まれながらに〝人を従わせる才能〟がある気もする。

弱者は強者に逆らえない。希実は紛れもなく前者だった。

惑いつつ開いた口の狭間に、ケーキが押し込まれる。

引き抜かれてゆくフォークが僅かに唇を掠め、得も言われぬ淫靡《いんび》さを感じた。

その間、視線は絡んだまま。逸らすことも瞬きすることもできず、希実は口内のケーキを咀嚼した。

「……美味しいだろう?」

味が感じられない。

つい数秒前まで途轍もなく美味しかったものが、今はもう何が何やら分からなかった。

ただ夢中で噛み、懸命に飲み下す。

嚥下《えんげ》する喉の動きまで見守られ、希実は初めての昂ぶりを覚えた。

——ただケーキを食べているだけなのに、とても卑猥に感じる……。

おそらくそれは自分だけの勘違いではない。

何故なら修吾の双眸には不可解な熱が横たわっていた。

一瞬たりとも希実から逸らされず、妙に熱い。火傷しそうなほどなのに、燃え移ることはない焔《ほのお》。

それが彼の瞳の奥で揺らいでいた。

「また買ってくる。他にも希実が好きなものがあれば教えてくれ。夫が妻に尽くすのは、当然のことだから」

「で、でしたら私も精一杯、夫である修吾さんに尽くします。何でもおっしゃってください。何でもします……！」

ようやく呪縛が解けた喉に力を籠め、希実は声を絞り出した。

相変わらず心音は煩い。火照りが末端まで広がってゆく。

チョコレートケーキに使われている洋酒は少量で、ほぼアルコールは残っていないだろうに、まるで酔ってしまったかのようだ。

ふわつく酩酊《めいてい》感に背中を押され、希実は自覚なく大胆なことを宣言した。

すると、彼が眼を細める。瞳の奥の焔が、火力を増した気がした。

「何でも？　軽率にそんな約束をしては危険だと思うが」

「軽率ではありません。修吾さんは私の、お、お、夫なんですもの」

実感は正直ないが、これから婚姻届を提出すれば、ふたりは本当に夫婦になる。

彼が誠実に希実に向き合ってくれるつもりなら、こちらからも誠意を返すのが当然だと思った。

「それに私……嬉しかったんです。修吾さんが父に言ってくれたこと……うちの方ではああいう意見を口にする人はいませんから」

里帰り中は何を言われても、孤軍奮闘《こぐんふんとう》で我慢するしかないと諦めていた。でもこれからは、『それは違う』と共に憤ってくれる人がいる。そう思えるようになっただけで、どれだけ救われたことか。

愛実が励ましてくれたこともあり、希実は少しだけ自分の選択を誇れるようになれた。

「ありがとうございます、修吾さん。私、本当に感謝しています。そりゃ契約結婚なんてとんでもないと驚きましたが、私にいい転機を与えてくれたんだなと今は思っています」

心から礼を述べ、希実は深く頭を下げた。

数秒後顔を上げると、珍しく戸惑い気味の彼が視線をさまよわせる。

修吾の驚いた様子が面白くて、希実は笑みを溢れさせた。

「私、修吾さんと上手く共犯者になれそうです」

「……そうか、それはありがたい」

どことなく歯切れが悪い彼の不自然さは気になったが、希実はカップに残ったコーヒーを飲み干した。

苦みと酸味のバランスが丁度よく、口内の甘みを流してくれる。

手に馴染む可愛らしいデザインのカップを愛でていると、修吾がふっと息を漏らす音が聞こえた。

「案外、希実は小悪魔だな」

「私がですか？　え、何か修吾さんの気に障ることを言ってしまいましたか……？」

これまでの人生で言われたことのない言葉に驚き、無意識にやらかしてしまったのか大いに焦る。

猛烈な勢いで己の言動を振り返ったが、希実に心当たりはなかった。

「す、すみません……もしお気に召さないことがあれば、教えてください」

「ふふ……そうだな。希実の純真さは魅力のひとつだ。——ではお言葉に甘えてひとついいか？」

「は、はいっ、何でもおっしゃってください！」

背筋を伸ばし、希実は身構えた。

自分に至らない点が多々あるのは分かっている。修吾のような人間から見れば、希実など直すべき欠点だらけに違いなかった。

それでも秘密を共有するパートナーに選んでくれた恩を返したくて、真摯に耳を傾ける。

どんなに辛辣な指摘であっても、謙虚に受け止めようと思ったのだ。

「俺たち、あまりに他人行儀じゃないか。もう少し砕けた喋り方に変えよう。手始めに、呼び名の敬称はなしで敬語もやめよう」

「えっ」

希実には〝修吾さん〟と呼び方を変えるだけでも相当な勇気がいった。

だが今度は更なるステップアップを求められている。それも前回の比ではない。

一気に距離が大接近するのと同然の変化に、頭が追いついてこなかった。

「や、さすがにそれは……」

「練習すれば大丈夫だ。――ほら、希実。呼んでみてくれ、修吾って」

滑らかな低音が、希実の鼓膜を擽った。

誘惑の響きが籠る声音で、肌を撫でられている気分になる。

だがこちらはスイッチを切り替えるような器用さを持ち合わせていなかった。

「ひゃぁ……っ」

無様な叫びを漏らし、両手で顔を覆う。

触れた頬も額も、ひどく発熱していた。きっと真っ赤に熟れている。このまま頭のてっぺんから蒸気が噴き出ても不思議はないくらいに。

「顔、隠さないで」

「む、無理です！　あ、引っ張らないでください！」

手首を取られ、顔から掌を引き剥がされそうになった。

今はとても人様に見せられる状態ではない。

希実は背を丸め、修吾から顔を隠そうと足掻いた。

「希実」

「……っ」

耳に直接注ぐように、名前を呼ばないでほしい。

慣れたつもりになっていたが、改めて囁かれるとゾクゾクとして、不本意ながら力が抜けてしまう。

抵抗しきれず希実の腕は横にどけられ、結局上気した顔どころか潤んだ瞳まで見られてしまった。しかも眼鏡のレンズが曇っている。

何とも冴えない状況にいささか悔しくなって、希実は眼鏡を外し曇りを拭った。

「……っ、修吾さんは意地悪です……っ」

「すまない。あんまり可愛らしい反応をするから、つい」

眼尻の滴を彼が唇で吸い取って、希実の頭を撫でてきた。

甘やかされているような、揶揄われているような、よく分からない扱いだ。

それなのに希実の胸中にあるのは怒りや不快感などの負の感情ではない。

まだ正確な名前はつけられなくても、重石のように心を沈ませる種類とは真逆の何かだった。

「……私の口調は簡単には変えられないと思います。と、年上の異性を呼び捨てにしたことがないどころか、男性の友達もいないので……」

「へぇ。それじゃ全部俺が初めてなのか」

どことなく嬉しそうに彼が笑う。ゾクッとする艶に、希実はすっかり魅了された。

「大切にするよ。俺の奥さん」

こそばゆさが心地いい。

手探り状態のふたりの新婚生活は、始まったばかりだった。

入籍

婚姻届を提出し、ふたりは書類上完全に夫婦になった。

実体はともかくも、法律的に認められたのだ。

そして籍を入れれば、もはや社内で隠すことは難しい。

最近では通名で仕事を続ける者もいて、結婚の有無を人事や上司以外に明らかにする必要がないとしても――噂はどこかから漏れるものである。

特に注目の的といっても過言ではない東雲修吾の婚姻が、社員の興味を引かないはずがなかった。

結果、瞬く間に社内の誰もが修吾と希実の入籍を知ることとなったのだ。

「――ちょっと、あれが東雲さんの……？」

「え、普通。てか地味。ガセネタじゃないの？」

「東雲さん、飯尾さんと付き合っていたんじゃないの？」

昼休みになるや否や、希実を遠巻きにして大勢の女性陣が囁き合っていた。

勿論、希実が働くフロアでもヒソヒソ話は止まらない。

だがいつも存在感を消して黙々と仕事をしている希実に対し、こんなときだけ野次馬根性丸出しで口火を切る度胸はないらしい。

特に今日は希実が必死に〝話しかけるなオーラ〟を発しているのが功を奏したのか、皆が様子を窺い合い、結果仮初の平穏が保たれている状態だった。

しかも幸か不幸か、本日花蓮は有休を取得している。

彼女がいないことで、仕事中でも平気で私語に耽る空気がないのだ。

――それに飯尾さんが明日朝までに仕上げるはずだった資料が、手つかずのまま残されているしね……！

彼女に限って、家に持ち帰り完成させるとは考えられない。

おそらくは完全に忘れているか――放置しておけば希実がやらざるを得ないと計算の上なのか――どちらにしても、明日地獄を見るくらいならとっとと作ってしまった方が正解である。

諦めの境地で、希実は午前中鬼気迫る勢いでキーボードを打ち込んでいた。

ということで非常に忙しいのが真実であり、同僚たちは修吾との結婚話が気になっていても、希実を突っつけないのだ。

下手に関われば、花蓮の仕事を分担しなくてはならないゆえに。

が、他部署の人間には、そんな事情は関係ない。

希実の姿を見かけた途端、あちこちでざわめきが止まらなくなった。

——居心地が悪い……！

こんなことなら、昼食はどこかで隠れて食べればよかった。

けれど今朝はお弁当を作る余裕も、コンビニに寄る時間もなかったのだ。

彼が会社まで車で一緒に行こうと譲らなかったせいで。

——断固断るべきだったのよね……でもこのところ心も身体も休まる暇がなくて、満員電車に揺られるよりも、快適な車で出勤の誘惑に抗えなかった……。

しかし会社に到着し、時間をずらして出社したものの、おそらく車に同乗しているところを誰かに見られたのかもしれない。

爆発的に噂話が広がった原因が自分にあると思えば、希実はもう誰を怨《うら》めばいいのかも分からなくなった。

——でも考えてみたら、下手に〝恋人〟や〝婚約者〟として広まるより、よかったのかもしれない。だってたぶん不確かな関係だとしたら、私はひどい目に遭った可能性が高そう。

全身に四方八方から突き刺さる刺々《とげとげ》しい視線は、身の危険を感じるレベルである。

嫉妬と嘲り。疑念と怒り。

黒々とした悪意が総攻撃を仕掛けてくるようだ。

これまで〝東雲修吾の恋人は社内一の美女で常務の娘の飯尾花蓮〟と認識されていたからこそ、彼に憧れる者は一歩引いていた。

だがそこに希実如きがぽっと出で修吾を掻っ攫えばどうなることか。

火を見るよりも明らかである。高確率で『私の方が相応しいじゃないの！』の声が上がりそうだ。

中には直接攻撃に出る者もいるだろう。

つまりは希実に身を引かせるため、嫌がらせが横行するのが容易に想像できた。

──飯尾さんから略奪するのは難しくても、私からなら簡単そうだもの。

自分で考えて切なくなるが、冷静に俯瞰《ふかん》した結論だ。

しかもライバルが力不足だと、怒りに駆られる人間は存外多い。〝アレ程度に負けた自分〟の価値が暴落するように感じるのでは、と分析し希実は深々と嘆息した。

──一応、私は東雲家に迎えられた正式な嫁……その立場が辛うじて私を守ってくれているみたい。

今の希実は経営者一族の人間である。

実情はともかくも、そう周囲が思っている限り、軽々しく手を出せないのが現実だ。

万が一何かして希実を傷つけた場合、夫である本部長の修吾を怒らせることになる。

ひいては社長の不興を買うに決まっていた。

だからこそこうして、離れた場所からヒソヒソコソコソ窺うしかないのだ。

――ずっとこの感じが続くのかな……しばらくしたら落ち着くといいんだけど……。

修吾は『もしここで働き難くなるなら、同等の条件で転職できるよう取り計らう』と言ってくれた。

けれど希実が断わったのだ。

色々あっても、ここでの仕事は気に入っている。就職難の中、必死に掴み取った就職先であり、言わば己のアイデンティティでもある。

だからもう少しこの会社で踏ん張りたかった。

――それに……私が悪いことをしたのでもないなら、逃げるのは嫌だ。

修吾と離婚した暁には、さすがに勤め続けられないとしても、そのときまでは精一杯頑張りたい。

――うん。ちょっと外野が騒がしいだけなら、気にしなければいいんだわ。無理やりにでも気持ちを切り替えていこう……！

掻き込むように昼食を食べ、希実は素早く社食を去ろうとした。話しかけられる前に逃げる心づもりで、ちゃちゃっと食器を片づけ出口へ向かう作戦を練る。

だがその前に数人の女性社員に取り囲まれた。

「ちょっといい？」

駄目ですと即答できたら、どれだけよかったことか。

口は笑いつつも眼が暗殺者じみた彼女たちに、希実が言い返せるわけもない。

「時間は取らせないわ。聞きたいことがあるの」

美人揃いの女性たちは、秘書課や受付の精鋭だと思われる。

全員花蓮に負けずとも劣らずの華やかさと美貌を誇っていた。そして、己の容姿に絶大な自信を抱いているだろう点も、同じだ。

隙のない化粧と、洗練された格好。自分を引き立てるものが何か、よく知っている。

希実は一瞬の間に、自分が〝値踏み〟されたのを感じた。

「小耳に挟んだのだけど、朝から広まっている噂は本当なの？」

じっとりとした眼差しが突き刺さる。

食堂にいる他の社員たちも、こちらに注目していた。

衆人環視の中で、あからさまな嫌がらせをされることはないだろう。

だが、複数人に取り囲まれて身体が勝手に怯えてしまっている。

腰が引けた様は傍から見ても明らかで、彼女たちが嘲りの笑みを滲ませたのが希実にも見えた。

「ちょっと、何とか言いなさいよ」

「聞こえないの？」

「無視するなんて、いい度胸じゃない」

俄然勢いづいたのか、中心に立っていた女性が顎をしゃくる。

美しくルージュの塗られた唇が、皮肉げに歪《ゆが》められた。

「私たちは質問しているだけなんだけど、答えられないの？」

静まり返った食堂内が、事の成り行きを固唾《かたず》を飲んで見守っている。

しかし希実を案じているのではなく、大半が下世話な好奇心によるものだった。

突如始まった女の戦いを面白がっている者や、更なる修羅場を期待する者、便乗して噂の真偽を確かめたいと望む者。

それぞれの思惑が入り乱れている。

ひとつだけ確かなのは、この場に希実に助け舟を出してくれる物好きはいないということだった。

普段地味に静かに暮らす希実は、人の視線が集まるだけでも緊張する。

強引に舞台の中央へ引き摺り出されたような感覚は、恐怖同然だった。

包囲網が狭まる。中途半端に腰を上げた体勢では、素早く彼女たちを掻い潜ることもできやしない。

それにこんなに注目を集めていては、無様に逃走するのは憚られた。

――でも、私は悪いことをしていない。委縮しないで堂々としていればいい……！

「……噂って、何の話ですか」

震えた声は、情けないくらい小さなものだった。

それでもこんな状況で喋れただけ、希実にしては快挙だ。

全身全霊で勇気を掻き集め、震える腕を自ら掴んで励ました。

「はぁ？　とぼけるつもり？　東雲さんとのことに決まっているじゃない！」

だがそんな努力も虚しく、甲高い罵声に背筋が凍る。

気圧され、顔が強張って血の気が引いていった。

「貴女たちが結婚したって、ただの噂なんでしょう？　だって全く釣り合っていないものね」

「飯尾さんならまだしもねぇ」

「あんまり言ったら可哀相よ。本人が一番分かっているんじゃない？　何も言い返してこないんだもん」

彼女たちの含み笑いが周囲にも感染する。

意地の悪い嘲笑が、漣のように広がっていった。

「なぁんだ。やっぱり作り話なんだ」

「――まぁそうよね。私なら逆に恥ずかしくなっちゃうなぁ」

「案外自分で言い触らしたのかもよ？　妄想拗《こじ》らせていたりして」

もしも希実と修吾が心底想い合って結ばれていたのなら、もう少し強気になれたのかもしれない。

けれど実際は、まさに〝作り話〟だ。

この結婚が嘘なのは、紛れもない事実だった。そのことが希実の心に影を落とす。

――どうしよう……何か言わなくちゃ駄目なのに、声が出ない……。

喉が意思に反して動いてくれず、眼の奥が熱くなるのを感じた。

泣くもんかと頭では思っている。それなのに視界は涙でたわんでゆく。

長年染みついた弱気な性は、そう簡単に払拭できるものではなかった。

――だけどこのまま言われ放題になっていたら、修吾さんに迷惑がかかるかもしれない。それだけは絶対に嫌……！

　ここで希実がべそべそと泣いてみっともない姿を見せれば、夫である彼が恥をかく可能性があった。

　それだけではなく、今後も似たような誹りは受けるかもしれない。

　その度に希実が俯くばかりでは、何も解決しないのでは。

　自分たちの婚姻が真実だと分かれば、彼女たちもこれ以上高圧的にはならないはずだ。

　涙を堪えながら頭を働かせ、希実は大きく息を吸った。

「……そちらがどういう話を耳にしたのかは知りませんが、先日私は修吾さんと籍を入れました。知りたかったのはその件ですか？」

　声は上擦ったが、どうにか言えた。

　如何にも弱々しい希実がしっかり眼を合わせてきたことに驚いたのか、女性らが虚を突かれた顔をする。

　どうやらこちらが反論するとは夢にも思わなかったらしい。

　希実が震えつつ正面から見返せば、今度は気まずげに三人が視線を交わした。

「な、何よ……それなら最初からちゃんと言えばいいじゃない」

「……質問が具体的ではなかったので、何が知りたいのか分かりませんでした」

心臓がバクバクしている。

敢えて嫌味な言い方をしてしまったのは、修吾にも失礼だと感じたせいだ。

自分が我慢すれば済む話ではないと思うと、せめてひと言言い返したくなった。

「な、何よその言い方。ブスのくせにいい気になっているんじゃないっ？」

「私の容姿は今関係ないですよね。それに公然とルッキズムを口にするのは、みっともないですよ……！」

自分でも驚くほど大きな声が出た。

シン……と食堂内が静まり返る。

希実の悪口を言っていた第三者も、愕然として黙り込んだ。

――やってしまった……。

最終的に自分が一番騒いで衆目を集めたのを感じ、希実は頭を抱えたい気分に苛まれた。

許されるなら、もうこの場にしゃがみ込みたい。何なら、なかったことにして逃げたいくらいだ。

が、そうはいかない空気が漂っている。

図らずも、真っ向勝負に出た形になり、今更睨み合いを放棄できなくなっていた。

——これはどう収拾をつけたらいいの……？

喧嘩などしたことがないため、終わらせ方が分からない。

もっと相手を威圧するべきか。それとも笑ってごまかすのが正解か。はたまた大人の余裕で立ち去ってしまえばいいのか。

引き際に悩んでいると、突然張り詰めていた空気が変わった。

「——私の妻が何か？」

「しゅ、あ、東雲さんっ」

いつもなら社員食堂を利用しない修吾が、優雅な足取りで現れた。

希実たちに集中していた視線が一斉に彼へ向く。

突如降臨した異質な存在に、その場の誰もが動揺していた。勿論、希実もそのうちのひとりだ。

こんなところにいるはずもない姿に呆然とし、胸中に渦巻いていた焦りも憤りも全部吹き飛んでいった。

——え？　な、何で？

多忙な修吾は、基本的に昼食は仕事をしながら片手間にとるか、会食の機会に充てている。

しっかり昼休みに休憩を取ること自体が珍しい。

そんな彼が場違いな社員食堂に現れたことで、誰もが毒気を抜かれた。

一触即発の緊迫感は霧散し、さながら時間が止まったのかと錯覚する。

希実は半端に口を開けたまま修吾を見つめていた。

「何か盛り上がっていたみたいだな」

存分に注目を集めた彼が周囲を見回しつつ穏やかに問いかける。けれどその声音は微かな冷ややかさを孕んでいた。

「たまには社食で昼食を取ろうと思って来てみたんだが」

口調は普段通りと変わらない。

それなのに無視しきれない硬質さが潜んでいた。

特に希実を取り囲んでいた女性三人が、ビクッと肩を強張らせる。

漂う緊張感に気づいたのか。自分たちに向けられた〝何か〟を敏感に感じ取ったのか。

それは彼女たちのすぐ傍に立っていた希実にも、嗅ぎ取れた。

――修吾さん、怒っている……?

明確な感情の発露はないものの、そこはかとなく彼の苛立ちが伝わってくる。

とはいえ、仕草も声のトーンもいつも通り。むしろ落ち着き払っている。

にも拘わらず、修吾が一歩ずつ近づいてくる度に、締めつけられているかの如く息が苦しくなり、全身が粟立って、冷たい汗が背中に滲んだ。

——怖い。

「し、東雲さんがご結婚されたと聞いて……ほ、本当かどうか聞いていただけです」

希実を問い詰めるときには居丈高だったのが嘘のように、秘書課の女性は青ざめて声を震わせた。

その両脇のふたりも、蒼白で頷いている。

野次馬のその他大勢に関しては〝我関せず〟と言いたげに視線を逸らし無関係を装っていた。

「そうなのか？　私に直接問い合わせてくれればいいのに。でもあまりプライベートに口出しするのは褒められたことではないな。ハラスメント研修を徹底した方がよさそうだ」

鋭さを秘めた笑顔は、人を竦ませるのに充分だった。

魅力的でありながら、圧がある。

温もりのない双眸が冷淡で、口角が上がれば上がるほど恐ろしい。

美形の〝眼が欠片も笑っていない笑顔〟がこんなにも恐怖を呼ぶものだと、希実は初めて知った。

「――希実、おいで。ふたりきりで話したいことがあるんだ。そのために迎えに来た」

この場の空気を支配した修吾が、こちらに手を差し伸べる。

やや芝居がかった仕草は、見せつけているのが明らかだった。

どれだけ彼が希実を大切にしているか。特別な関係であることを言動で物語っている。

彼は仕事とプライベートをきっちり分けるタイプだ。共に過ごした時間は短くても、公私混同する人ではないことを、希実は分かっていた。

だからこそ、悟る。

――あ……私のためにパフォーマンスしてくれているんだ……。

今後、希実が絡まれないよう、釘を刺している。

言外に『大事な妻に手を出すな』と警告していた。

――彼がそういうことをする人だとは思わなかった……。

どちらかと言えば、何事も穏便に波風立てず処理する人だと認識していた。

だからこそ花蓮が交際を匂わせても曖昧に濁し、いざ彼女の度が過ぎると遠ざけるために好きでもない希実と契約結婚を選ぶ。

それがもっとも効果があり揉めない手段だと、冷徹に計算できる人だから。

感情よりも理性や損得で動く——ある意味ドライな人間だと思っていたのだが——。

——こんな風に人前で振る舞ったら、騒ぎ立てられてしまうかもしれないのに……。

修吾の都合ではなく、希実の事情を優先してくれたのか。

そう考えるのは、願望に過ぎないのかもしれない。けれどとてもしっくりと胸に馴染んだ。

まだ同居して日が浅い、他人同然の夫。

それでも、彼がどういう人なのか少しは分かっている。

優しくて、人を気遣うことのできる、芯のある人だ。時折意地悪なときがあるものの、希実のことを考えて大事にしてくれる。

そういう人がまっすぐこちらへ伸ばしてくれた手を、握り返さない理由はなかった。

小走りで駆け寄った希実の手が取られ、修吾が歩き出す。

邪魔をする猛者はいなかった。どよめきを置き去りにして、ふたり並んで歩く。

やがて絡みついていた有象無象の視線から逃れ、足並みがゆっくりとしたものに変わった。

「……し、修吾さん、どうして社食にいらしたんですか？」

「さっき言った通りだよ。希実と話をしたくて迎えに来たんだ」

おそらくそれは、優しい嘘だと思った。

話なら、帰ってからでもできるし、SNSのメッセージでもいい。

忙しい彼が多忙の中を縫って、わざわざ出向くことはあるまい。だとしたら。

「助けに来てくれたんですか……？」

希実が食堂でトラブルに巻き込まれたと誰かから聞きつけて。そう考える方が違和感がなかった。

「勇んで駆けつけたけれど、君は自力で言い返していたね。凛としていて、格好よかった」

「見ていたんですかっ？」

振り上げた拳をどう下ろそうか迷っている情けない姿を目撃されたのだと思うと、恥ずかしさが込み上げた。

つくづく自分は揉め事に向いていない。

喧嘩さえままならない冴えないところは、全部忘れてほしかった。

「ああ。精一杯威嚇していて、可愛かった」

「お世辞はやめてください……！　お願いですから、なかったことに……！」

「しない。たぶん、一生覚えている」

とんでもない宣言をされ、愕然とした。

何の嫌がらせだ。先ほど女性たちに脅されたときよりも絶望的な気分になる。

蒸気が噴出しそうなほど熱くなった顔を俯け、羞恥心を堪えた。すると、希実の頭頂部に修吾の手が添えられる。

「今日は一緒に帰ろう。定時に上がれるよう、仕事を片づけてくる」

「でも修吾さんはお忙しいんじゃ……」

「できるだけ一緒に過ごしたいんだ。それから——希実が俺に敬語を使わずさんづけもしなくなるように、もっと慣れさせないと」

甘い言葉にクラクラする。

ドキドキが一向に治まらない。むしろ加速してゆく。

——これは慣れるかどうかの問題じゃなくて、もしかして私……修吾さんを——……。

いつも、自分を助けてくれる人。

希実すら無自覚だった欲しい言葉をくれる人。

傍にいて、自信をつけさせてくれる人。

食堂で希実が言い返せたのは、何度も彼が『可愛い』と言ってくれたからだ。あれが少しずつ勇気を与えてくれたのだと思う。

希実を肯定し、強引なところもあるが新たな世界へ導いてくれる修吾へ、気持ちが傾いてゆくのが分かった。

これはあくまでも契約結婚。

終わることが前提のもの。だからこそ修吾は、敢えて食堂で分かりやすいパフォーマンスをしてくれたのだ。

——きっとそう。人前だったから余計に親密な振りをしてくれたんだよね……。

だからこんな気持ちはいつか希実自身を苦しめるだけ。分かっていても、止められない。

何もかも初めての気持ちに、希実は振り回されていた。

「君の方が先に退社したら、近くのカフェで待っていてくれ」

そう言って仕事に戻る彼の背中を複雑な気持ちで見送ることしかできず、歯痒い。

――どうしよう。色々な感情がぐちゃぐちゃになっている……。

午後の勤務までには、気持ちを落ち着かせなくては。

今はまだ明確な名前を付けたくない心を伏せ、希実は深呼吸した。

◇◇◇◇◇

希実がトラブルに巻き込まれたと報告があった瞬間、修吾は席を立った。

教えてくれた同期に視線で礼を告げると、彼は眉を動かすだけで〝早く行ってやれ〟と伝えきた。

さすがは将来右腕になってもらいたい男だ。そつがない。

修吾は改めて礼はすると胸中で述べ、足早に食堂へ向かった。

花蓮以外にも面倒な輩がいるのは想定していたものの、早速事を起こしたのは呆れてしまう。

ここはきっちりと修吾がどれだけ希実を大事にしているか見せつけるのが得策だろう。

その上で、彼女をいち早く助け出さねばと気持ちが焦った。

心優しく争いを嫌う希実が大勢集まった場所で攻め立てられたら、泣いてしまうかもしれない。

彼女の泣き顔を他の人間に見せたくないのと、欠片も傷ついてほしくないのとで、修吾の苛立ちが増した。

だが、勇んで到着した食堂で、修吾は驚くべき光景を目にすることとなったのだ。

てっきり取り囲まれた恐怖で委縮し怯えていると案じていた希実は、震えながらも毅然《きぜん》と言い返していた。

それも感情的ではなく、冷静に。

おそらく喧嘩などこれまでろくにしたことがないだろうが、懸命に背筋を伸ばす姿は、見惚れるほど格好よかった。

ただやられっぱなしではない。弱々しいだけの人間ではなく、矜持《きょうじ》と気高さすら感じさせる姿だった。

そんな一面もあったのかと、感嘆したのは当然のこと。

修吾はじわじわと胸に広がる熱を抑えられなくなった。

——守らなくては、と思っていたが……それは希実に失礼だったかもしれない。

彼女は見た目よりずっと強い。

鮮やかに花開く瞬間を目撃した気分がし、改めて胸が高鳴った。

——こんな姿を見たら、どんな男でも希実の魅力に気づいてしまうんじゃないか？

食堂には大勢の男がいた。

その中で、彼女に惚れてしまう者が出てくる可能性に思い至り、修吾はゾッとした。

——今すぐ完全に俺のものにしなくては、安心できない。

契約で縛っても、安泰ではない。そんなものよりも、希実の心を含め、丸ごと手に入れてしまいたかった。

もう、悠然と構えてはいられない。そんな余裕は、自分の中から消えていた。

◇◇◇◇◇

どうにか気持ちを落ち着けた希実が、自身の部署へ戻ろうとした、そのとき。

「……調子に乗っているみたいだから、いい加減目を覚まさせてあげるわ。感謝してよね」

聞き覚えのある声に振り返れば、そこにいたのは花蓮だった。

「え？　飯尾さん、今日は休みじゃ……」

「気が変わって午後出社にしただけよ」

そんな気紛れで勤怠をコロコロ変えられては困るのだが、彼女は平然としている。

逆に戸惑っている希実に対し、花蓮が何かを取り出した。

どこかただならぬ気配の彼女を警戒していると、眼前に突きつけられたのは一枚の写真。

希実が瞳を瞬けば、彼女は勝ち誇った笑みを浮かべた。

「よく見なさいよ」

近頃めっきり紙の写真を見かける機会がないため、狼狽する。

しかも花蓮の意図が分からない。希実は惑いつつも、長方形の紙片に焦点を合わせた。

映っているのは、十代前半から半ばの少女だ。

体格は華奢で眼が大きいのが印象的な、整った容姿。幼さを残しつつも、既に完成された美しさを誇っていた。

おめかしし、手にはヴァイオリンを持っている。

何かの発表会かコンクールなのか、育ちのよさが一枚の写真からでも伝わってきた。

「あの……？」

見覚えはない。知らぬ少女をこうして見せられても、どう反応すればいいのか分からず困る。

だがその隣に立つ少年に関しては、どこか記憶を刺激された。

こちらも少女に負けず劣らず端麗な容姿を持ち、如何にも賢そうな瞳をしている。まだ線の細さはあっても、いずれ相当な美丈夫に成長するのが確実と思われた。

何よりも希実の目を惹くのは、彼の強い意志を宿した眼差し。

柔和に微笑みながらも、双眸の奥には揺らがない自我と自尊心が宿っていた。

自分はどこかでこの眼を見たことがある気がする。それもとても近く、見つめ合う距離で。

——この人は……。

希実が視線で問うと、花蓮は小馬鹿にしたように鼻を鳴らした。

「ふん、やっぱり知らないのね」

「何の話ですか？　この子たちはいったい……」

「修吾さんからは聞いていないってことよね」

勿体つけられても時間の無駄だ。希実がもっとよく写真を見ようとすると、彼女はわざとらしく上へ掲げた。

「これでハッキリしたわね。やっぱり貴女は丁度いい駒程度の人間なんだわ」

「え?」

「——彼女は修吾さんの婚約者よ。元、ね。本当に全く知らなかったの?」

人間は、驚き過ぎると声が出なくなることがあるらしい。

希実は愕然とし、瞠目する以外できなくなった。

「ふぅん。修吾さんだけでなく、おじ様たちも貴女には言う必要もないって判断したのね。ま、そうよね。こんな結婚、茶番でしょ? 一時的な遊びみたいなものだもの。部外者に詳しいことを告げる理由なんてないわ」

「ま、待って……いったいどういうことですか……?」

正直なところ、修吾に過去婚約者がいても不思議はないかもしれない。

当然愉快ではないものの、一般家庭とは違う家柄に生まれ育った彼ならば、決められた婚姻相手がいても頷ける。

だが問題は、写真の少女が〝元婚約者〟だという点。

それから何故花蓮がここまで希実に対して〝この話が攻撃材料になる〟と確信しているかだった。

「彼女は修吾さんの幼馴染で、旧家のお嬢様よ。名前は西泉《にしいずみ》小百合《さゆり》。私は直接交流がなかったけど……少なくとも貴女よりは釣り合っているわよね。だってほら、昔からお似合いでしょ？　ふたりともこの年の頃から尋常でなく美男美女」

ヒラヒラと写真を振り、希実の注意を存分に惹きつけた彼女は、一度言葉を切った。完全に焦らしている。希実の反応を楽しむように、ゆっくり写真をしまった。

――それじゃ、写真の少年は修吾さん……？

面影はある。

というよりも、あれほどの美少年がおいそれと他にいるとは思えなかった。

「どうしてふたりが結婚しなかったのか、知りたい？」

「それは……色々な事情があったからじゃ……」

「実はね、この何日かこの件を調べていたの。お父様も教えてくれないから苦労したわ。まぁ破談になった縁談だし……両家とも今更探られたくないのは当然よね」

言いながら花蓮が今度は携帯電話を取り出す。

手早く操作し、一枚の画像を表示させた。

「さっきの写真は十五年ちょっと前のもの。これが現在の姿よ」

映し出された女性は、息を呑むほど美しかった。

すらりとした体躯に、青のドレスがよく似合う。華やかに結い上げられた髪が彼女の美貌をより引き立てていた。

嫣然と微笑む姿には、自信が漲っている。

少女だった頃の儚《はかな》さはそのままに、大人としての妖艶さも兼ね備え、十人いれば十人が『美女だ』と認めるに違いない。

そして手にしているのは、如何にも宝物と言った風情の使い込まれたヴァイオリンだった。

一瞬――希実の脳裏に現在の修吾とこの女性が並び立つ姿が思い浮かぶ。

それは悔しいけれど、心底お似合いだと感じた。

美男美女。堂々とした佇まい。きっと誰にも文句をつけようがない。

完璧なふたりとして、称賛だけが集まるに決まっていた。

「ヴァイオリンの才能が認められて、彼女が海外へ留学したからよ。で、婚約は破談。今ではソリストとして活躍しているの。――まぁ、クラシックなんて聴きそうもない貴女じゃ、知るはずもないか」

嘲笑した花蓮はおもむろに髪を掻き上げた。

「……そ、そうですか。でも全部過去の話ですよね。かつて修吾さんが他の女性と婚約していたとしても――今は私の夫です」

動揺を押し隠し、画像から目を逸らす。

希実が傷つくことを期待していたのか、花蓮は不快げに眉をひそめた。

「まだ分からないの？　修吾さんはそういうクラスの女性こそ相応しいのよ。家柄は勿論、実家が裕福で、本人も才能溢れる才色兼備の女性がね。貴女如きじゃ不充分だって言っているのよ」

「で、でも修吾さんは私を選んでくれて……っ」

「都合がいい存在だったからでしょ。格下相手ならいざ不要になったときに気軽に捨てられるわ。釣り合いが取れる相応しい花嫁が見つかるまでの繋ぎでしかないわよ」

希実を傷つけるのを目的にした言葉が、見事に突き刺さる。鋭利な刃物として、急所を抉られた。

いくら希実が己を鼓舞しても、弱さの全部を覆すことはできない。

懸命に踏ん張った足元が崩れるのに似た錯覚に襲われた。

「修吾さんの妻の座を狙っている女は大勢いるわ。断ると角が立つお相手だって少なくない。だから適当な弾除けが欲しかっただけじゃない？　さすがに私にその役目を担わせられなかったのねぇ」

未だ自分が特別だと信じて疑わないのか、花蓮は「あの人ったら優しいんだから」

と呟いた。

底意地の悪さが滲んだ横目で、希実を甚振《いたぶ》る。こちらが泣き出すのを、今か今かと心待ちにしているのが丸見えだった。

「……お話はそれで終わりですか？　だったら私は仕事に戻らせていただきます」

これ以上、花蓮と対峙していては無様に泣いてしまいかねない。それだけは避けたくて、希実は奥歯を噛み締めた。

ひと言言い返したい欲はある。

たとえば『ご自分なら相応しいとおっしゃりたいのですか？』と皮肉のひとつでも絞り出せれば、多少溜飲は下がったかもしれない。

けれど口を開けば、涙と一緒に情けなく嗚咽《おえつ》が漏れそうだ。

嫌味な物言いをして、彼女と同じ土俵で争いたくもなかった。

他者を貶《おとし》め傷つけるための言葉を吐きたくない。それは自分自身を惨めにするだけだと希実は知っていた。

結果、希実の行動は逃げと捉えられたのか、駄目押しと言わんばかりに花蓮がいやらしく眼を細める。

長く伸ばした爪で空中にクルクルと円を描いた。

「何故私が急にこんな話を持ちだしたのか、不可解でしょ？　実はね、この元婚約者——西泉さんが日本に帰っているのよ。貴女が蚊帳《かや》の外じゃ可哀相だから、私が教えてあげようと思ったの」

「……ご親切に、ありがとうございます」

「あちらも三十代になる前に落ち着きたくなったのかもね。それとも音楽で成功を収めたから、満を持して次のステップへ進むのかしら？　結婚するって噂だし」

だからどうしたと切り捨てられないのは、不安の種を蒔《ま》かれた証だ。

こんな情報だけで、簡単に希実は揺さぶられてしまった。

それもこれも、コンプレックスの根っこの部分を見事に突かれたから。

拭いされない〝私なんて〟の引け目を抉り出された。

「これで分かった？　修吾さんが貴女程度の女を本気で選ぶはずがないでしょ？　この人が戻ってくるまでの暇潰しよ。本物の婚約者が戻ってくれば、貴女なんてお払い箱に決まっているわ。……修吾さん、西泉さんと連絡を取っているわよ？」

眼に見えない場所へ突き立てられた刃物が、心臓を切り裂いた。

鮮血が、とめどなく流れる。

血の気が引いてゆき、希実の膝が笑う。

だが渾身の強がりで冷静さを装った。

「……ご忠告、どうもありがとうございます。でも、もうけっこうです。どちらにしても、飯尾さんには無関係のことですから」

それだけ言い捨てて、花蓮の横を通り過ぎた。

とにかくこの場から逃れたい。

背後で「追い出される前に自分で出ていった方が身のためじゃない？」という声が投げつけられたが、希実が振り返ることはなかった。

やみくもに歩いて、辿り着いたのは女子トイレ。

個室に入って鍵をかけるなり、希実の双眸から涙が溢れた。

「……っ、ふ」

職場で泣くものかと堪えても、涙が止まる気配はない。それどころか眼が溶けてしまいそうなほど、次から次へ流れ落ちた。

息を吸う暇もなく、嗚咽が込み上げる。

適切なことを言い返せなかった自分が情けなく、悔しい。

もっと言えば、花蓮の言葉に頷いてしまっている希実自身が許せなかった。

勝ち目がないって、思ってしまった……。

由緒正しいお家柄のお嬢様で、ヴァイオリニストとして活躍できる才能があり、更には秀でた容姿。

背筋を伸ばした姿は、内面からの自信に裏打ちされている。

音楽家として成功するには、それだけ努力し、自らの手で栄光を勝ち取ってきたということ。

希実が持っていない要素を、全て手にしている人だ。

そんな完璧な女性がかつて修吾の婚約者だったのか。

仮にそれがかなり昔の話であっても、夢を追うために努力を重ね有言実行で叶えた眩しい人が戻ってくれれば、心が揺らがないはずがない。

魅力的な人間が眼の前に現れれば、心惹かれずにいられるものか。

――嫌いで別れたわけでもないのに？

ふたりが並んだ写真は、澄まし顔をしつつも親密さが見て取れた。おそらく、親が決めた婚約であっても、ふたりは良好な関係だったのだろう。

何事もなければ、慈しみと愛情を深めていったのではないか。

両家としても、似合いのふたりが結婚するのを当たり前の未来として待っていた。

ならば答えは初めから分かっている。

——……だから私に契約結婚を申し込んだの?……。

一度はその縁が途切れたとして、事情が変われば再び結び直したいと考えるのが当然。

それまでの時間稼ぎをするのに丁度いい人材が眼の前に転がっていたら、利用するのも自然な流れ。

もしかしたら、本当に彼が自分を気に入ってくれた部分はあったのかもしれない。

けれど〝本物〟が戻ってくるのなら、〝偽物〟に用はない。

夢の終わりが近づいてくる足音が、聞こえた気がした。

そしてもうひとつ気づいたことがある。

今、自分は傷ついている。その理由はたったひとつだ。

どんなに否定してごまかそうとしても、希実が修吾を好きだからに他ならなかった。


一緒に帰ると約束したからには、勝手にひとりで帰ることはできない。

修吾と落ち合った希実が連れていかれたのは、かつて一緒に食事をしたレストランがあるホテルだった。

ただし今回は前回と違い、至極当然のように客室へ案内され、ただいま絶賛動揺中だ。

――彼とふたりきりなのは慣れてきたけれど、こういう場所では変に落ち着かない……！

スイートルームと思しき部屋の窓からは、眩い夜景が一望できる。

室内の装飾は豪華のひと言。贅を尽くした内装と調度品に圧倒されっ放しだ。

おかげでと言うべきか、昼間花蓮とのやり取りで抉られた心の傷を直視せずに済んでいた。

――何故修吾さんはこんなところへ私を連れてきたの……？　まさか飯尾さんが言っていた通りに――。

嫌な予感が膨らむ。

忙しく視線をさまよわせる希実は、広々とした室内でただ立ち尽くしていた。

――いいえ、飯尾さんの言葉を鵜《う》呑みにしちゃ駄目。まずは修吾さんに確かめ――……られるわけがない……真実を知るのが怖い。

三年の約束を切り上げたいと提案されたら、どうしよう。

そんなこちらの困惑を知ってか知らずか、彼はどこか陶然とした面持ちで希実の手を握ってきた。

「……昼間のこと、今思い出しても胸が一杯になる。本当に君を選んで正解だった」

「な、何を……」

「惚れ直したよ」

「……っ？」

てっきり終わりを告げられると覚悟していたが、聞き間違いか幻聴か。

言われた意味が理解できず、希実は忙しく瞬いた。

——これは……『言い負かされずによくやった』的な誉め言葉の一種かな……？

それ以外、思いつかない。

混乱のあまり無反応になった希実は、しばし機能停止してしまった。

「ただひとりの女性として、この世で一番愛しく想っている」

「はいっ？」

しかしポケッとしていたところへ、爆弾を落とされた。

今の修吾の発言は、聞き間違いでも幻聴でもない。誤解の余地もない、シンプルな告白だった。

「え、ほ、惚れ……？　い、愛し……わ、私を……？」

「そうだ。本当はもう少し時間をかけて希実の気持ちが俺に傾いてから言おうと思っていたが、想いが抑えきれなくなった。グズグズして希実が誰かに盗られては、一生後悔する」

その言い方だと、思いつきやその場のノリで軽く口にしたのではなさそうだ。溢れんばかりの想いの片鱗が見え隠れし、ジワジワと希実の頬が熱を持った。

——それじゃ元婚約者さんの件は……？

「急に何を……」

「急じゃない。俺の中では一日でも早く伝えたかった。君と倉庫で話した日から、どんどん惹かれていったんだ。……いや、本当はその前から気になる存在だったのを認めていなかっただけなんだろうな」

理解が追い付かず、希実の頭は大混乱していた。

彼の言葉は理解できている。けれど上手く噛み砕けない。

そんな馬鹿な、あり得ないという気持ちが勝って、受け止めるところまで辿りつけなかった。

「え、え？　私のどこに……別に特別なところなど何もない女ですよ？」

「思慮深く努力家で、冷静な判断力がある優しい人だ。何よりも可愛い。純粋で表情豊か。好きにならない方が難しい。他人のために自分を犠牲にし過ぎるところは心配だが、控えめで見返りを求めない高潔さを、尊敬もしている。希実の仕事ぶりは決して派手な成果を上げるものではなくても、俺は君のおかげで助けられたこともある。他にも挙げれば切りがないが、とにかく今はもう理屈を越えて君という存在そのものに心底惚れ込んでいる——と言った方が正しいな」

大絶賛され、とても自分のことを言われているとは思えなかった。

両親ですら、ここまで希実のことを褒めてくれたことはない。

じっとこちらを見つめてくる男の眼差しは真剣で、本心が感じられた。

——これは、現実？　私が自分に都合がいい夢でも見ているだけ……？

「い、いつから私のことを……」

「まともに会話したのは倉庫で出会った日でも、俺はそれ以前から希実のことを認識していた。一年ほど前、喪失したデータの原本を倉庫から探し出して俺に届けてくれたのを覚えているか？　あの時は君を引き留めたくて堪らなかった。……いや、たぶん入社式で既に気にかかっていたのかもしれないな。あの頃は自覚がなかったが、その後社食でケーキを頬張っている君を見かけ、印象に残っているくらいだから」

「え、あ、あれを見ていたんですか……っ？」

福利厚生が厚いのか、この会社ではクリスマスに特別仕様のケーキが社員食堂に並ぶ。

それを毎年希実は非常に楽しみにしていた。何せとても美味しいのだ。いつもニコニコで食べていたから、誰に見られていても不思議はない。けれどまさか、修吾に目撃されていたとは夢にも思わなかった。

「し、修吾さんが食堂にいらっしゃることがあったなんて……」

「社員の生の声は大事だ。あそこで食事をとることは少ないが、度々観察はしていた」

「大口を開けていたところを見られていたなんて、恥ずかしいです……」

穴があったら入りたい。

目立たない自分のことを誰かが注視していたなど、考えたこともなかった。これからは気をつけようと、秘かに誓う。

きっとさぞや間抜けな顔をしていたと思えば、居《い》た堪《たま》れない心地になった。

「いや、大口を開いていたのではなく大事に少しずつ食べていて、口へ運ぶ様がまさにハムスターみたいで可愛かった。時々余韻を味わうように、虚空を見つめたりしてね」

「めちゃくちゃじっくり観察しているじゃないですか……！」

想像しただけで羞恥のあまり転がりたくなる。

控えめに言って、おかしな女だ。会社の食堂で無防備過ぎた。

「可愛すぎて、眼が離せなかった」

「も、もうやめてください。それと、忘れてください……！」

「それは無理だ。網膜に焼きついている」

ロマンチックとは到底言えないエピソードに、余計〝何故〟の思いは強まった。

「そ、そんな私なんかを修吾さんが……」

「禁止ワードだな」

「あ」

うなじを長い指になぞられる。

その掻痒感に気を取られている間に眼鏡は奪われ、そっと唇が重なった。

人生二度目のキス。相変わらず希実に余裕は欠片もない。

けれど初めてのときよりずっと、分かち合う熱や感触を味わうことはできた。

吐息が絡み、後頭部に添えられていた手が撫で下ろされる。もう片方の修吾の手は、希実の腰を引き寄せていた。

互いの胸同士が重なって、心臓の激しい鼓動が響いてくる。

自分だけでなく彼の身体も火照っているのが伝わり、甘苦しさが増した。

――クラクラして、気持ちいい……。

唇をなぞる舌先の動きに逆らえない。

力が抜けて、希実の顎が緩む。すると歯列の狭間へ修吾の舌が侵入してきた。

「……っふ」

粘膜を搦められ、愉悦が生まれる。

他人と唾液を混ぜ合うなんて気持ちが悪いはずなのに、蕩けそうな心地になるのは理解できなかった。

耳朶を弄られ、鼻から漏れ出た呼気が甘く濡れる。

背筋はこの上なく敏感になり、修吾の指が圧を加えてきたのを生々しく感じ取った。

逃げ惑う希実の舌は啜り上げられ、粘膜が擦りつけられる。

口内に性感帯があるなんて、初めて知った。呼吸のタイミングが分からなくて息苦しいのに、それすら悦楽の糧になる。

潤んだ双眸を瞬けば、焦点の滲む距離で彼と視線がかち合った。

「……鼻で呼吸して」

一瞬唇が解かれて、慌てて深呼吸する。しかしすぐにまた、深く喰らわれた。

「んん……っ」

素直に言われた通り緩く息を吐き出せば、『よくできました』と言いたげに頭を撫でられた。

それが嬉しいなんてどうかしていると思うのに、希実の身体は正直に歓喜を示す。

すっかり弛緩した肢体は、完全に修吾に身を任せていた。

自力で立っているのが難しく、しなだれかかる。膝が震えて、今にも座り込んでしまいそう。

力強く支えてくれる腕に甘え、包み込まれる。

彼のスーツから香る匂いに、陶然とした。

「ん……は……」

自分の声とは思えない卑猥な声音が漏れ、希実は懸命に理性を立て直そうとした。

まだ確かめなくてはならないことがあると己を叱る。

だがそれ以上に修吾が醸し出す色香で、酔わされていた。

「……っ、ん」

腰から尻にかけてを辿られ、不可思議な疼きが滲む。

反射的に潤む瞳で修吾を見上げれば、彼の双眸には苛烈な欲が揺らいでいた。

まるで希実を食べてしまいたいと言わんばかり。

はっきりと乞われているのが伝わってきて、希実の中を官能が駆け抜けた。

「俺の勘違いでないのなら、希実も俺に心が傾いていると思っていいか？」

問いかけているようで、答えはひとつしか求められていない。

希実の返事を聞き逃すまいと、修吾が真剣に耳を傾けていた。

「君が俺と同じ気持ちでいてくれるなら、今夜希実を抱きたい」

「……っ」

彼が心底希実を欲しているのが感じられ、真摯な渇望に即答はできなかった。

簡単に首を横に振ることも、頷くことも難しい。

こんなことを言われたのは初めてで、希実にはどう答えればいいのか全く分からなかったせいだ。

「わ、私……」

──どうしよう。どうすればいい？　──だけどひとつだけはっきりしていることがある。……私は〝嫌〟じゃないんだ……。

本気で無理だと思ったなら、首を横に振ればいい。

おそらくそれで、修吾は引いてくれる。力づくで希実をどうこうする人ではないと信じられた。

荒ぶる心音が煩くて、緊張やら不安やらで情緒が乱高下する。

ふと彼と視線を合わせれば、そこにあるのは全身全霊で希実を見つめ欲している男の顔だった。

そんなにも自分を求めてくれたのかと、見知らぬ愉悦が膨らむ。

焦げつく眼差しに射抜かれて、上手く息ができない。

手を引かれてベッドへ腰かけ、彼が隣に座ったときには、本気で心臓が破裂するかと思った。

「……希実が嫌がることはしない」

少ない言葉に、隠しようもない劣情が潜んでいる。

真っ赤になった希実が頷けば、男の胸に抱き寄せられた。

「……っ」

発熱した彼の身体は、驚くほど熱い。そして希実自身も昂っていた。

「……っ、あ、あの……私……その、初めて、で……」

「大切にする」

耳に吹きかかる呼気が喜悦を呼ぶ。

末端まで、むず痒さが走っていった。

自分の手をどこへ置けばいいのかも分からない希実へ、修吾が何度もキスをしてくれる。

顔中に降る口づけの雨は、唇が触れる度にこちらの強張りを解いてくれた。

「ふ、ぁ……っ」

いつ押し倒されたのかは判然としない。

ハッとしたときにはもう、希実の背中はベッドに受け止められ、覆い被さる彼の向こうに天井が見えた。

「もし俺が希実の気に入らないことをしたら、すぐに教えてくれ」

男の滴る色香に当てられて、余計に体温が上がってしまう。

吸い込んだ空気にさえ、興奮を掻き立てる効能がある気がした。呼吸する度に、胸の奥がざわつく。

今自分がどんな顔をしているのかは分からない。

確かなのは頭の中が修吾のことで満たされて、思考力が鈍麻していることだけだ。

——今だけは……不安なことを全部忘れてしまいたい……。

彼の指先が希実の鎖骨に触れ、それだけでもう淫靡な声が漏れそうになった。

「……っ」

「ごめん。冷たかった？」

「ん……っ、いいえ、むしろ熱い、です……っ」

ジンジンするくらいに、触れた部分から加熱する。

けれどもっと密着したい。口には出せない欲求が増幅し、希実にできたのは濡れた瞳で修吾を見上げることのみだった。

「……そんな眼で見られたら、我慢できなくなる」

「……我慢？」

「そう。今だって死に物狂いで耐えている。本音は君を強引にでも奪ってしまいたい。だけど希実に怖がられたくないから、堪えているんだ」

甘くて過激な口説き文句に、心臓が大きく脈打った。

もはや口から飛び出してもおかしくないほど、拍動が激しくなっている。仰向けに寝転がっている以外動いていなくても、全力疾走している気分だった。

意地悪く口元を綻ばせた彼が、希実のこめかみに唇を寄せる。

大きな掌で乳房を覆われると、頂が尖るのが自分でも分かった。

「あ……」

希実の決して大きくはない胸は、修吾の手にすっぽりと収まってしまう。

それでもゆったりと揉まれると、見知らぬ官能が水位を上げた。

ブラ越しの刺激はもどかしい。さりとて、布で胸の先端が擦られると擽ったさ以外の感覚も掻き立てられた。

眼が合うと殊更に恥ずかしくて、つい瞼を下ろしたくなる。

だが、希実が瞳を逸らそうとしただけで、抗議のように乳嘴《にゅうし》を摘まれた。

「んぁっ」

痛みを覚える強さではない。とはいえ、反応せずにはいられない絶妙な力加減。

芯を持ち始めた乳首は存在を主張していて、布越しでも容易に悪戯を仕掛けやすいらしかった。

「こっちを見ろ」

艶めいた誘惑が耳に注がれる。囁く声が淫らで、それでいて抗えない強制力を帯びていた。

ブラウスの裾から彼の手が侵入し、下着諸共たくし上げられる。

外気に触れた希実の肌《よじ》が、ざっと粟立つ。

直に触れられ、身を捩りたくて仕方なくなり、戸惑う視線を修吾へ投げかけた。

「俺以外に希実の潤んだ瞳を見せないでくれ」

「そんな……っ、し、修吾さんだけ……です……っ」

嫉妬かと訝る言葉に乱される。

ボタンを外されたシャツとキャミソール、それにブラを脱がされ、上半身を守ってくれるものはなくなった。

しかし息つく間もなく、彼の指が下へ移動する。

スカートも剥ぎ取られ、残るはショーツ一枚だけ。

心許ない格好をじっと見られ、熱いのか寒いのか分からなくなる。

は、とこぼした呼気は滾《たぎ》っていた。

「可愛い下着だな。それによく似合っている。もしかして、俺のため？」

「そ、そんなこと聞かないでください……っ」

はいとも違うとも言えない。

普段なら手を出さない可愛い下着を購入したのは、修吾と暮らし始めてから。

その意味を自分でも深く考えなかったが、無意識に何か期待していたのかもしれない。

見られてもいいように——とまるで考えなかったと言ったら嘘だ。

自覚してみると、とても恥ずかしかった。

それでも修吾が感嘆の息を漏らしてくれたことで、全てが報われた気分になる。お気に召したのだと思えば、勇気を出してよかったと思うから単純だった。

「脱がせてしまうのがもったいないな」

「や……っ」

だからと言って、このままでは困る。

既にショーツが濡れているのを希実は先ほどから察していた。

薄布が秘めるべき場所に張りついて、どうしても気になる。

無意識に膝を擦り合わせると、彼が嫣然と微笑んだ。

「好きだ」

言葉だけでなく、視線や余裕のない呼吸音でも、好意を伝えてくれている。

誠実な声音には、疑う余地はどこにもなかった。

「私も……修吾さんが、好きです……」

ポロリと言葉が勝手に漏れた。そのことに、自分でも驚く。

伝えるつもりはなかった気持ち。けれど口にしたことで、曖昧だったものが固まる。

自分をこれ以上騙せないほど――心惹かれていた。

「希実の全部を――俺のものにしたい」

下腹を撫でてくれた彼の手が、ショーツの脇から泥濘《ぬかるみ》に触れた。

自身でも排泄や入浴でしかあまり触れる機会がない場所。

そこへ、他者の指先が潜り込む。

花弁の形を探られて、つい力まずにはいられない。

だが「可愛い」と囁きながら修吾が希実の腕を撫でてくれたので、ゆっくり息を吐き出すことができた。

「ぁ……」

「大丈夫。大好きな希実を絶対に傷つけない。辛かったら、すぐに教えて」

「ふ……ぅ、あ」

蜜路のごく浅い部分を弄られ、内側が異物の侵入に収斂《しゅうれん》した。

何物も受け入れたことがないせいで、違和感は大きい。それでも少しずつ希実の強張りは解けていった。

愛しい人に抱き締められ、何度も繰り返し好意と「可愛い」を告げられ、唇が腫れぼったくなるほどキスを重ねられる。

すると未知の行為に対する恐れは、次第に薄れていった。

それよりも修吾に与えられる快感に酔いしれる。

無垢な希実の身体は、素直に彼がくれるものを甘受した。

優しい手つきで快楽の種を植えられて、じっくりと高められる。性急ではなく導かれ、体内から蕩けてゆく。

か細く喘ぎ息を乱せば、縺れた髪を直してくれる指先に癒された。

「希実、大丈夫？」

「は……ぁ、あ……大丈夫、です……っ」

修吾の背中に腕を回せば、いつの間にか彼も服を脱いでいた。剥き出しの肌が汗ばみ、筋肉の動きが掌から伝わってくる。

希実は翻弄されるばかりで、修吾がいつシャツを脱ぎ捨てたのか、まるで気づかなかった。

細く眼を開けば、見事な男の肢体が視界に飛び込んでくる。

着やせする質らしく、普段の姿からは想像もできない引き締まり鍛えられた肉体だった。

——綺麗……。

こんなに間近で成人男性の裸体を目にしたのは初めてで、驚きつつも眼が離せない。

つい食い入るように希実が見つめていると、チョンと指先で額を突かれた。

「あまり凝視されると恥ずかしいな。あとでいくらでも見せてあげるから、今は希実を味わわせてくれ」

眼尻に朱を刷《は》いた彼が凄絶な色香を滲ませ、濡れた息を吐く。赤い舌が蠢いて、いっそう修吾を艶めいて見せた。

髪を掻き上げる仕草も、上下する喉仏からも、色気が駄々洩れている。

こと性的なことに関して赤子同然の希実は、ひとたまりもなかった。

「……っ」

吸い込む空気が婀娜《あだ》っぽい。

何も言えずにいる間に、最後の砦であるショーツが希実の脚から取り払われた。彼も生まれたままの姿になり、互いに一糸まとわぬ状態で肌を重ねる。

しっとりと交わる体温が気持ちいい。いっそ境目がなくなればいいと思った。

「愛している」

開かれた内腿にも口づけられ、羞恥と喜悦の天秤《てんびん》がグラグラ揺れた。

愛でられ、蕩ける己の身体が愛しく感じられる。

大事な人が宝物のように自分を扱ってくれると、自身の価値が上がるように思えるから不思議だ。

ひとりでは不安だらけだったものが、急に肯定感を得て大切だと受け止められた。

「私も……っ、修吾さんを愛しています……っ、ぁ、あ」

人生初めての愛の告白は、喘ぎに呑み込まれた。

狭隘《きょうあい》な道を割り拓かれて、痛みもある。

けれど苦痛を上回る充足感が、希実を包み込んでくれた。

痛苦に顔を歪めれば、啄《ついば》むキスで解《ほぐ》してくれる。少しでも爪先が丸まると、敏感な花芯を捏《こ》ねられた。

合間に数えきれない回数、愛おしさを言葉にしてくれる。

時間をかけゆっくり導かれて、着実にふたりの距離は近づいていった。

「は……これで希実は俺のものだ……っ」

互いの腰が重なって、彼の全てを呑み込めたことを知る。

蜜窟は疼痛《とうつう》を訴えていたが、修吾がしばらく動かずにいてくれたことで段々落ち着いてきた。

「嬉しい……です……っ」

「頑張ってくれて、ありがとう」

労わりの口づけは、これまでのどのキスよりも甘く濃厚だった。

抱き締められて、心まで包まれたのを感じる。こんな幸福感を味わうのは初めて。

うっとりとし、希実自ら彼へ視線で口づけを乞うた。

拙い要求に修吾は笑みを返してくれる。望んだ以上のキスは、紛れもなく愛し合う者同士の切実さだった。

「幸せ過ぎて、嘘みたいだ」

それはこちらの台詞。

夢中で唇を重ね、微笑み合いながらひとつになれる奇跡を味わった。

「ん……ぁ……っ」

「希実……っ」

偽りの婚姻が真実になった夜が更けていく。

一抹の不安は置き去りにし、この夜は一生忘れならないものになる——そんな予感を抱き、希実は修吾に全身で愛を告げた。

「俺たちは契約ではなく、ただお互いが傍にいたいから、夫婦でいると思っていいか？」

汗まみれで息も整わない中、彼が希実を見つめてきた。

その眼差しは真剣そのもの。

好きだから一緒にいたい。そんなシンプルな理由が根源なら、素敵な話だ。

希実としても、そうであってほしいと心から願う。

花蓮の言った件は気になるけれど——。

「始まり方は色々ありましたが……私もそう思いたいです」

「じゃあ、改めて言わせてくれ」

「何をですか……？」

「俺と結婚してほしい」

もうしていると笑い飛ばす気にはなれなかった。

幸福感で胸が満たされ、勝手に涙が溢れてくる。

偽りの夫婦関係を受け入れたときには、こんな気持ちになる日が来るなんてまるで考えていなかった。

今だって、現実感のないことばかり。それでも。

「こ、こちらこそ……よろしくお願いします」

溢れた涙を舐めとられ、こそばゆい。

頬を寄せ、鼻を擦りつけ、見つめ合う。

ギュッと抱き締められると、この上ない至福を堪能できた。

――修吾さんを、信じたい。彼が私を騙すなんて、考えられない。飯尾さんが言ったことは……きっと、単純に私への嫌がらせだったんだ……。

ひと言聞けば不安は拭い去られるのかもしれない。だがその勇気を掻き集めるより、今夜の幸福感を壊したくない気持ちの方が強かった。

肌を重ねた今宵だけは、満ち足りたまま眠りたい。

下手に元婚約者について問い質《ただ》せば、全てが壊れてしまうかもしれない――その怖さが、希実の口を噤ませた。

初デート

「君に気晴らししてもらいたい」

「き、気晴らし？」

ふたり揃っての休日は貴重だ。

本日、午後から新生活に必要なものを買い揃えに行く予定になっている。

希実としてはそのつもりだったのだが、目覚めて顔を合わせるなり『気晴らし』発言をされ、大いに戸惑った。

「ああ。社員食堂で不快な目に遭っただろう。気分転換が必要だ」

「え……でも」

ちょっとした騒動になった一件は、結論から言えば希実にとって悪くない結果をもたらした。

つまり、陰口を叩かれる機会が圧倒的に減ったのである。

完全になくなったとは言えないものの、面と向かって絡んでくる輩がいなくなったのだから、万々歳だ。

修吾の牽制は効果絶大だったらしい。

ふたりが結婚したという事実は社内で認識され、『釣り合わない』と表向き口にする者は消えた。

内心では面白くないとしても──修吾自身が希実を〝大事な妻〟扱いしたことが大きかったのは間違いない。

今では社内の雰囲気も変わっている。

ただし、飯尾花蓮を除いて。

──あれから飯尾さん、無断欠勤が続いているのよね……。

午後から急に出社してきて、希実に小百合の写真を突きつけたあと、今度は連絡もなく彼女は休み続けていた。

一応今のところ有休ということになっている。

父親である常務から『娘は体調不良』と申し送りされ、人事も頷くより他にないらしい。

営業事務に至っては、『あぁ……』と引き攣りつつ呑み込む以外術はなかった。

──幸いなのは、飯尾さんでないと分からない仕事がなかったことかな……。

ほとんど雑用や簡単な業務しか担わず、面倒な内容は希実に丸投げしていたことが功を奏したと言っては、あまりに皮肉だ。

しかし現実問題、彼女がいなくて大混乱という事態には陥っていなかった。

——私の仕事は増えて大変だけどね……でもその分同僚の皆が同情してくれて、修吾さんとのことで嫉妬を向けられずに済んでいる。

不幸中の幸いだ。それとも怪我の功名か。

大変な思いをしているのに反比例し、希実は妙に部署内で気遣われていた。おかげで修吾との入籍がバレて以来、働き難くならずに過ごせている。

——そういう意味では、恵まれているかな……。

和気あいあいとまではいかずとも、問題なく日々を送れているのだから、贅沢は言うまい。

ただし、元婚約者については未だ彼に聞けないまま。

話すべきかどうかも決められなかった。

そんな探り探りの日々の中、修吾と約束していた〝買い物〟の日がやってきたのである。

彼は午前中に片づけなくてはならない仕事があったようだが、宣言通り午後は希実のために時間を作ってくれた。

晴れてふたりで出かけられるとあって、心が躍る。

これが食事を除けば初デートだと思うと、尚更だった。何だかんだ楽しみにしていた自分に苦笑してしまう。

だからなのか——実は朝一で、希実は予約していた眼科へひとりで行っていた。コンタクトレンズに変えることを視野に入れ、色々相談し視力を測り直してもらいたかったからだ。

とはいえまだ、ひとりでコンタクトを装着するのが怖くて、ひとまず購入した品は鞄の中に入れたままだ。

——以前なら、こんなこと思いもよらなかったな……。

眼鏡のままでも支障はない。だが自分なりに一歩踏み出してみたくなった。

修吾が勇気をくれたのは言うまでもない。

彼が希実を『可愛い』と繰り返し言ってくれ、味方になってくれたから、希実も変化を求めたのだと思う。

心の奥底ではチャレンジしてみたかったと気づくことができたのだ。

そこで、彼が自室でリモート会議中にこっそり眼科を受診した。

修吾が希実の不在に勘づく前に帰宅できたのは、幸いである。

──私が突然コンタクトレンズに変えたら、修吾さんは何て言うかな……か、可愛いって言ってくれるかな……。

仕事を終えた彼に促され、マンションを出たのは昼過ぎ。

昼食を途中で軽く済ませ向かった先は、去年できたばかりの商業施設。

沢山のアパレルショップは勿論、国内唯一の出店となるスイーツ店や、伝統工芸を今風にアレンジしたアンテナショップなどが並んでいる。

空中庭園があるため緑を楽しむこともでき、家族連れにも人気が高い。

希実ひとりであれば、絶対に足を踏み入れようとは考えない洒落た場所だ。

訪れる人々も皆、流行に敏感な者ばかり。誰もが思い思いに着飾って、自信ありげに見えた。

そういう中であっても、一際目立つのが修吾なのは言うまでもない。

ただ歩いているだけで注目を集める彼は、道行く赤の他人をいったい何人振り返らせたことか。

老若男女問わず、虜にする。

初めは『すごいな』と純粋に感心していた希実だが、次第に隣を歩くことが辛くなっていったのは当然の成り行きだった。

誰もが修吾の美貌に見惚れ、その次に横にいる希実を訝しげに見る。

中には歪《いびつ》に嗤う者もいた。

「すっごい、イケメン……隣にいるの彼女かな？」

「え、いやぁ、それはなくない？　さすがに釣り合ってないって」

「声かけちゃおうかな」

沢山の囁きが棘になって希実に突き刺さった。

そんなことが繰り返されると、脚が鈍るのは仕方あるまい。

段々彼の真横から離れてゆき、一歩引いた立ち位置になり、そこから少しずつ距離ができた。

一度意識し出すと、もう隣にいる勇気なんて持てなくなる。

到着して三十分も経たないうちに、希実はさりげなく修吾から離れていた。

「……どうした？」

希実のあからさまな不自然さに気づかぬ彼ではないので、問いかけるタイミングを窺っていたのかもしれない。

ついに耐えきれなくなった様子で、立ち止まりこちらを振り返ってきた。

「えっ、どうもしませんが」

「だったら何故どんどん遠くへ行くんだ。寄りたい店があったのなら、声をかけてくれたらいいのに」

寄りたい店など勿論なく、希実は答えに窮した。

下手に本音を言えば、修吾の気分を害してしまう予感がする。禁止ワードである『私なんて』を口にしなくても、意味は同じだ。

希実が己を卑下することを嫌う彼が耳にして愉快ではあるまい。

そこで言葉を選んでいると、修吾が大股で接近してきた。

「行くぞ」

「え……っ」

ぱっと手を取られ、歩き出す。

社員食堂で助けてくれたときと同じ。

けれどあのときとの違いは、指を搦めた恋人繋ぎをされた点だった。

「し、修吾さん……っ？」

「俺は君と手を繋いで歩きたい。希実は？　嫌なら離す。でも本音はこのまま握っていたい」

ストレートに要望を口にされ、『嫌です』なんて返せるはずがなかった。

そもそもちっとも嫌ではない。

人目は気になるが、力強く手を引いてくれる彼にトキメキが止まらなかった。

強いて言えば、汗ばむ掌が気になる程度。

しかしそれとて、『どうでもいい』と思えてしまうくらい修吾のことで頭の中が満たされた。

「君は俺の妻なんだから、傍にいてくれないと困る。それとも迷子になって俺に探してほしいのか？　それはそれで可愛いけど、せっかく一緒に過ごせる時間を無駄にしたくない」

耳元で囁かれた言葉に、体内が熱くなる。

頬も熱を持って、希実は赤面せずにいられなかった。

「お、大人なので迷子にはなりません……っ」

「じゃあまさか俺から逃げようとしていた？　だったら尚更手を繋いで捕まえておかないとな。悪いけどもう一生逃がさない」

甘くて意地悪な脅し文句に、希実の不安が溶けて薄まる。

ついさっきまで周囲の人間からの視線が苦痛で、居心地の悪さに挫けてしまいそうだったのに、今は自然に微笑むことができていた。

「……どこにも行きませんよ」

ぎこちなく彼の手を握り返す。

すると修吾は艶やかな笑みで希実の頭頂に鼻先を埋めてきた。

「ふふ。こういう初々しいデート、新鮮で楽しいな。もっとも、希実と一緒に過ごせるなら何でも最高に決まっているが」

つむじに唇を触れさせたまま話されて、擽ったい。

ついピクリと希実が首を竦めれば、彼は更に大胆にこちらの肌を指で撫でた。

「修吾さん……！」

「外出せずにふたりで家に籠っているのも好きだ。でもそれだと、ついベッドから出られなくなるから厄介だな」

「……！」

際どい台詞は幸いにも、こちらにだけ聞こえる声量だった。

それでも希実本人の耳にはバッチリ届いている。

こんな昼日中の人が多い場所でする会話ではなく、希実は慌てふためいて彼から離れようとした。

だががっちり手を繋がれたままではままならない。

むしろ逆に引き寄せられて、いっそう密着する形になる。

しかも昨夜刻まれたキスマークを隠すために巻いていたスカーフを取り払われた。

希実が唖然として首に手をやれば、修吾がニヤリと笑う。

「み……見えちゃうじゃないですかっ」

「髪を下ろせば大丈夫じゃないか？」

髪を纏めていたゴム紐を外され、希実は慌てた。きっと癖がついている。それを見られたくなかった。

「ボサボサなのに……！」

「サラサラしていて綺麗だけど……気になるならついでに美容院で整えてもらおうか？　この近くに知り合いが経営している店がある」

「え？　え？」

思いもよらない展開に戸惑っていると、彼が手早くどこかへ電話をかけ、言葉を交わした。

相当親しい間柄なのか、砕けた口調で話し通話を終える。

そしてまだ理解できないでいる希実の手を引いてきた。

「丁度キャンセルが出たそうだ。希実は運がいい。買い物はその後にしよう」

「えええ？」

有無を言わせぬ強引さで、希実は商業施設を連れ出された。

修吾の友人が経営しているという店は、ビルが建ち並ぶ道を数本行った先にあり、本当に近い。

しかし未だ疑問符だらけのまま。

理解できないうちに、何故か希実は髪を整えてもらうことになったのだ。

「待つ間に、俺だけで事足りる用事は済ませてくる。希実が終わる前には戻ってくるから、安心しろ」

そう言って彼は店をあとにした。

お洒落最先端な美容院にひとり置き去りにされた希実は、気が気ではない。

幸いなのは、不必要に話しかけてこない美容師が心地いい雰囲気を作ってくれたことだった。しかも時間毎に一組しか予約を受けないため、キャンセルが出た今の時間、希実以外の客はいない。

そうでなかったら、希実は居た堪れなさのあまり地蔵状態になっていたに決まっている。

シャンプーとカットとブローだけをお願いし、かかった時間は一時間ちょっと。

最後の仕上げに差しかかった頃、修吾が店に戻ってきた。

そして開口一番、希実を褒め称えてくれたのだ。

「すごく似合っている。前の髪型も素敵だったが、今も可愛い」

「あ、ありがとうございます……」

鏡に映る自分は、真っ赤になってはにかんだ。

緩やかに巻かれた髪は、殊の外希実の優しげな印象と魅力を引き出してくれる。動きのある毛先が、ラフでありながら品のいい華やかさを演出してくれた。

全体の長さはあまり変えず、段を入れて軽くし、横に流された前髪も希実には初めての試み。

自分で見ても、『悪くない』と驚いた。

――いつも毛先を整えるくらいだったから、すごく新鮮……だけどこれ、自分で再現できるかな?

段が入っている分、これまでのように雑に縛るだけとはいかなそうだ。

やや不安に思っていると、担当してくれた美容師がブローの仕方を説明してくれた。

「くせ毛を生かした髪形なので、ワックスを揉み込めば大丈夫です。それよりも乾かす際にこうして――」

「お勧めのワックスがあれば、購入する。支払いはこれで」

「あ……っ、わ、私が自分で払いますよっ？」

背後で修吾がカードを出したので、希実は慌てて振り返った。

強引に連れてこられたとは言っても、髪を整えてらったのは希実自身だ。ここは自腹を切るのが当然だろう。

そう思ったのに、希実がキャッシャーへ行ったときにはもう、決済が終わっていた。

「それじゃ次に行こうか」

「ありがとうございました。またぜひいらしてください」

「え、あ、ありがとうございました……っ」

当たり前のように希実の鞄を持った彼が、指を搦めて手を繋いでくる。非常に上機嫌だ。

希実は扉の外まで見送ってくれた美容師に頭を下げつつ、修吾にエスコートされて歩いた。

「つ、次ってどこへ……」

「当初の予定通りドレスを見よう。既にいくつか候補を選んできた」

「あ……それで席を外していたんですね」

なるほどと頷く。そんな希実へ視線を向けてきた彼が、意味深に口角を上げた。

「……ちゃんと首筋の痕を隠せる髪形にしてもらったのか。──まぁ、美容師にはバッチリ見られてしまっただろうけど」

「え……？　あぁっ！」

そのことをスッカリ忘れていた希実は、往来であるにも拘わらず大きな声を上げてしまった。

バタバタして失念していたが、そもそもキスマークを隠すには髪を下ろすしかなく、しかし癖がついて嫌だという流れで、突如美容院へ連れてこられることになったのだ。

確かに今の状態なら、赤い痣は隠せているし髪は綺麗にセットされている。

だがしかし、だ。

──確実に、あの美容師さんには見られていた……！

修吾がつけた淫靡な印を。

──でも何も言っていなかったし、態度にも出なかった。それが余計に恥ずかしい……！

接客のプロとしてスルーしてくれたに決まっている。

もしかしたら向こうは本当に何も気にしていないかもしれない。だが希実が精神的に負ったショックは、相当なものだった。

——あ、穴があったら入りたい……。

真っ赤になって身悶えてもあとの祭り。

ニコニコと満面の笑みで見下ろしてくる修吾が、若干恨めしくなったとしても仕方なかった。

「ごめん、怒らないでくれ。希実」

「お、怒っていません」

「お詫びに、お勧めのスイーツを食べにいこう」

「今はお腹が一杯です……！」

希実が断わると、彼が苦笑した。

「希実はもっと我が儘でいいと思う。強請《ねだ》ってくれたら、俺は喜んで君のためにバッグでもジュエリーでも散財するのに」

「私、ブランドには興味がないんです。それに欲しいものは自分で頑張って手に入れるから価値があるのだと思います」

手が届かないなら、身の丈に合わないということ。それが希実の考え方だった。

ただし努力してどうにかなるなら、背伸びするのも厭わない。

両親に反対されても進学と都会での就職とひとり暮らしを選んだのは、そういう考え方に基づいている。譲れない点は希実にもあるのだ。

「君は格好いい一面も持っているな。知れば知るほど新しい魅力が見つかる」

クスクスと笑いを堪える修吾の言葉は、揶揄われているのかどうか微妙だった。

怒っていないといいつつも希実が唇を引き結ぶと、彼が艶めいた仕草で頭を撫でてくる。

それが擽ったさとトキメキを呼び、反射的に喉奥が卑猥な音を立てた。

「ん……っ」

「だったら俺の我が儘を聞いてくれ。俺が希実に服や靴をプレゼントするから、身につけて」

「で、ですから余計な買い物は……」

「俺が見たいんだ。俺のために着飾ってくれる希実の姿を」

囁きは極上に甘い。

クラクラして強かに酔いそうになる。

足元がフワフワし、修吾以外が眼に入らなくなった。

「せっかくとても可愛いく髪をセットしたんだから、何か贈らせてくれ。俺の趣味で選んでいいか？」

「だ、駄目じゃない……です」

むしろ自分のセンスに期待ができない分、こちらからお願いしたいくらいだった。

「ありがとう」

礼を言うのは希実の方だ。だが頭が上手く働いてくれない。

夢見心地のまま歩けば、先刻は周囲の視線が気になって気後れしていたのに、今度は少しも意識に上らない。繋がれた手の感覚に全てを持っていかれ、他は雑音に過ぎなかった。

「希実が気に入らなければ、遠慮せずに言ってほしい」

「い、いいえ。修吾さんが選んでくださったこれがいいです」

到着した店で、彼がいくつかピックアップしてくれたドレスの中から気に入ったものを選び、その足で他の服を選びに行く。

修吾が選択肢を絞ってくれたおかげで、希実はまごつかずに済んだ。

ドレスなんて、正直なところ何を基準に決めればいいのかまるで未知の世界だ。そこに靴や鞄、アクセサリーまで合わせるとなると、もはや異世界の話も同然。

膨大な数の中から選んでいいと言われたら、希実は困り果ててしまったに違いない。

しかも終始修吾が希実をお姫様のように扱ってくれたことで、一度も不安に襲われることはなかった。

勿論、その後のショッピングでも、彼は希実のためだけに色々なものを選んでくれた。

憧れてはいても袖を通す勇気がなかった愛らしいワンピース、遊び心のあるパンプスに、通勤にも使える鞄。使い勝手のよさそうなネックレスと着回しの利くアウター。最新のコスメと限定スイーツまで。部屋着と下着も見繕い、もはやいくつ購入したのかも分からない。

値段に関しては更に謎だ。というのも、値札はどれも隠され、希実には見えないようにされていた。

だが触り心地や拘りのあるデザイン、店構えから考えて、プチプラのはずがない。

しかもある店で試着の途中、接客をしてくれたスタッフに「素敵な旦那様ですね。奥様に夢中なのが伝わってきます」と小声で言われ、赤面したのはご愛敬である。

「購入したものは、今着ているもの以外全部配送でお願いします」

修吾は今回も希実に支払いをさせる気はないらしく、試着室から出たときには清算が終わっていた。

恐る恐る希実は彼に総額を訊ねたけれど、返されたのは笑顔だけ。

それどころか「必要経費だ。それでもお礼をしてくれるつもりなら、今夜ベッドでお願いしようかな」と囁かれた。

「……！　な、なんてことを言うんですか。もし人に聞かれたら……！」

「仲のいい夫婦だと思われるだけじゃないか？　新婚なら、こんなものだろう」

平然と答える修吾は、照れた様子がない。

あまりにも堂々としているものだから、ひょっとして希実の方が意識し過ぎなのかと思えたくらいだ。

――いや、そんなはずない。修吾さんが大胆なだけでしょ。わ、私の辞書には人前でイチャイチャするなんて書いていないもの……！

朝から動き回り慣れないことをして疲れているはずなのに、さほど疲労感を感じないのは彼との時間が楽しいからか。

買ってもらったばかりの服に身を包んだ希実は、自分でも生き生きとしている。

時刻は十九時近く。そろそろ夕食にしようと修吾に提案された。

――充実した一日だな……突然美容院にも連れていかれたし、密度が濃い。でも……食事をしたら、今日はもう帰るのかな……？

夢のようなデートの終わりが見えてきて、少しだけ残念に思う。

同じ家で暮らしているのだから帰る場所は同じでも、不思議と『離れ難い』と感じたのだ。

たぶん、まだ今日を終了にしたくないせいで。

——こんな気持ちは初めて……。

圧倒的にインドア派の希実は、外出自体疲れてしまうことが多い。

いくら楽しみにしていたイベントや、親しい友人との食事でも、最終的には『家が一番ホッとする』と思うのだ。

場合によっては悪意なく『早く帰りたい』と考えてしまうこともある。

決して楽しくなかったわけではないものの、人ごみに疲弊して次の日のことが気にかかってしまうのだろう。

けれど今日は、そんな発想は出てこなかった。

それどころか、まだ帰りたくない。特別な一日をもっと味わいたいと熱望していた。

——修吾さんといられるのが楽しくて……。

彼は希実の歩幅に合わせ、喉が渇いたり脚が痛んだりする前に休憩を挟んでくれる。

連れていってくれるお勧めの店は、どこも希実の趣味に合っていた。

話題は尽きず、面白い。

こんなにも話していて気が楽になる異性は、修吾が初めてだった。『知れば知るほど新しい魅力が見つかる』のはこちらの台詞だ。

全く底が見えない彼の魅力に、希実はどんどん惹かれてゆくのを止められなかった。

――前よりもっと、修吾さんの存在を大きく感じる。元婚約者さんの件を聞けないままなのに、これ以上好きになってしまったら、どうしよう。もし、『今でも忘れられない』『連絡を取っている』なんて言われたら……。

恋愛に慣れていないせいで、臆病さが顔を覗かせた。

万が一繋いだ手を振り払われたらと想像するだけで、身の毛がよだつ。

好きの気持ちに振り回され、きっと立ち直れなくなる。それほどまでに初めて味わう恋は、甘美な毒同然だった。

「――希実、食べたいものはある？」

「と、特には……修吾さんはありますか？」

「この辺りだと、行きつけの寿司かイタリアンがあるけど……ゆっくりできる店の方がいいかな。あちこち連れ回してしまったから、疲れているだろう？」

気遣ってくれる優しい眼差しにドキドキした。

さりげなく腰を抱かれ、手を繋ぐよりも密着度が高くなる。

今日一日で、ふたりの距離は如実に近づいていた。

「修吾さんこそ……お仕事、無理に休んだのではありませんか？」

「心配してくれてありがとう。でも希実よりも優先することは、他にないから安心しろ」

夜でも人が減らない街は、昼間とは違う煌びやかな顔をしている。

これまでなら足早に通過するだけで、自分がこの場に溶け込んでいるとは到底思えなかった。

けれど僅か半日の出来事のおかげで、ほんのり何かが変化した気がする。

普段より顔を上げて歩く都会の夜は、純粋に華やかで綺麗だと思えた。

「……それなら、どこかで買って帰りますか？　マンションでゆっくり過ごすのも悪くありません」

今日をまだ終わらせたくない気持ちと、傾き続ける心に尻込みする弱気さ。それから冗談に過ぎなくても、『礼をしてくれるつもりなら、今夜ベッドで』の台詞への仄かな期待。

全部が入り交じって、希実は修吾の服の裾を掴んだ。

彼の瞳が色香を滲ませてこちらを見る。揺らぐ劣情の焔に、希実の体内も灯が点った。

「……そんなことでいいのか？」

「そういうのが、いいんです」

共に過ごせるなら、豪華さなんて関係ない。

一緒の時間を重ねられることが、何よりも貴かった。

「今すぐ飛んで帰りたい気分だ」

「私も同じです」

顔を寄せ合って微笑む。

至福の時間に心が甘く侵される。心地のいい瞬間が永遠に続けばいいと、願わずにはいられなかった。

「あ……でも、お手洗いに行ってくるので少しだけ待っていただいてもいいですか？」

「ああ、勿論。ここで待っている」

今夜の魔法を更に完璧なものにしたい。

そう思った希実は、ひとつの決意を胸にトイレへ向かった。

目的は鞄の中に入れっぱなしになっているコンタクトレンズ。今試さずにいつチャレンジできるのだと思い立ったのだ。

入念に手を洗い、パッケージを開けるときには緊張した。

教えられた通り恐る恐るレンズを取り出して、さほど手間取らずに装着できたのは幸いだ。

多少眼に違和感はあるものの、コンタクトレンズが両方上手く入ったときには、安堵の溜め息が漏れた。

瞬きで馴染ませ、勇気を振り絞って修吾の元へ戻ると。

「可愛い……でも、眼鏡はどうしたんだ？」

「あ、あの実は今日、眼科を受診して……コンタクトにするタイミングが分からなかったんですが、今かなと思いまして……」

「俺のために？」

希実がコクリと頷くと、やや頬を赤らめた彼がうっとりと瞳を細めた。

それだけでもう、希実の小さな挑戦は大成功。照れて頬を染めると、熱烈な口づけを贈られた。

「しゅ、修吾さん、人が見ています……！」

「そんなことどうでもいい。いや、他人に希実の愛らしさを見せたくないからすぐに帰ろう」

腰を抱かれて持ち上げられ、そのままクルリと回転された。当然、注目の的である。

ただし先ほどまでとは違い、羨望や称賛が入り交じった視線を感じた。

「わぁ……何かドラマみたいなカップルがいる」

「ふたりとも絵になるね」

釣り合っていないと言われないことに驚き、それ以上に嬉しい。

勇気を出して踏み出せば、自分も変われるのだと希実は実感した。

「私たちの家に帰りましょう、修吾さん」

「ああ、そうしよう。一刻も早くふたりきりになりたい」

甘過ぎる夢の一日は、まだ終わる気配がなかった。


休み明け、花蓮が平然と出社してきたことに、蟠《わだかま》りがなかったと言えば、嘘になる。

希実だけではなく、他の同僚も同じ気持ちだったのは想像に難くない。

だが『体調が優れなかった』と言い切られれば、それ以上話題にするのを躊躇われる空気になった。

それに、一応は有休の範囲内だ。

諸々周りに迷惑がかかったとしても、面と向かって彼女に文句を言えばパワハラと訴えられかねない。

しかも後ろに父親である常務が控えているとなれば、尚更だった。

結局、ろくに連絡もないまま何日も欠勤したことはうやむやになり、これまで通りの様相を呈したのだが――。

「――ふぅん。少し見ない間に随分印象が変わったのね？」

希実を意地悪く上から下まで眺め回し、花蓮は尊大な態度で腕を組んだ。

とても体調不良で寝込んでいたとは思えない色艶で、化粧にも服装にも隙はない。

むしろ以前よりも髪や爪の手入れは行き届いていた。

「……髪を切って眼鏡をやめただけですよ？」

無遠慮な視線に委縮しかけたが、希実は懸命に背筋を伸ばし、深呼吸した。

こちらが卑屈になる必要はないという気持ちと〝以前の自分とは違う〟という僅かな自信。

そのふたつが希実を支えてくれていた。

――私だって……前よりも少しは強く変われたはず――。

コンタクトにし、新しい髪形に変えた評判は上々だった。

通勤服も〝家で洗えるスーツ〟と〝アイロンいらずのブラウス〟から適度にトレンドを取り入れた華やかなものになっている。

特に拘りがなく選んでいたグレーや黒白の色味から、今期流行のカラーを身につけ、足元はヒールが低めかつ歩きやすい上質なパンプス。

薄く施された化粧は、プロのメイクアップアーティストに手解きを受けた。

ビューラーやマスカラも今では使いこなせている。

首元には派手過ぎないダイヤの一粒ネックレスを飾り、これまでとは比べ物にならないほど希実はあか抜けていた。

どのアイテムも、奇抜さややり過ぎ感はない。しかし修吾チョイスの全てが、洗練された魅力を放っている。何よりも希実によく似合っていた。

出社してすぐに、普段さほど懇意にしていない女子社員から褒められたくらいだ。

男性陣からの視線も、まるで別物。

人間、見た目で判断するのはいいことではないが、格好を変えるだけでこうも扱いが変わってくるのは衝撃だった。

それでも悪い気はしない。修吾の隣にいてもおかしくないと言ってもらえたようで、誇らしくさえあった。

そんな中、仏頂面の花蓮が就業時間内にも拘わらず、希実を倉庫へ呼び出してきたのだ。

彼のことで知っておいた方がいい情報があると言われ無視できず、希実は埃臭く薄暗い密室で彼女と向かい合った。

花蓮は無断欠勤により同僚に迷惑をかけた認識がないのか、あまりにも堂々としており、いっそ感嘆に値する。

しかし『今は仕事中』の意識が強い希実は気が気ではなかった。

「飯尾さん、仕事中なので手短にお願いします」

「はぁ？　仕事なんてどうでもいいのよ！」

いや、どうでもいいはずはあるまい。

そう思うものの、希実は彼女の剣幕に気圧された。

「勝ち誇っているつもり？　色々偽装工作をして、貴女たちの結婚をさも本当のことに見せかけているみたいだけど」

少し前なら、希実は花蓮の言葉に怯んだかもしれない。

だが今は、修吾との関係が〝全て嘘〟ではないことを、誰よりも己自身が知っていた。彼のくれた温もりや自信を思い出し、俯かずに済むくらいには。

「……何か誤解なさっているみたいですが、私たちはきちんとした夫婦です」

契約だけではなく、互いの間には信頼関係がある。

心と身体を重ねたことで、以前より希実は慄かずに済んでいた。

「……は？　ちょっと見た目がマシになったことで、勘違いしているみたいね。修吾さんのおかげで着飾れただけなのに、馬鹿みたい」

痛いところを突いてくる。

実際、希実の頭から爪先まで、自分で金をかけたとは言えない。全て彼が支払いを済ませてくれていた。

デートを楽しみ帰宅してから何度も自分で払うと告げたのだが、修吾は頑として一円たりとも受け取ってくれなかったのだ。

その後も彼からは、あれこれと贈られっぱなし。

貢がせていると誹られても、希実に反論の余地はなかった。

「あんまりみすぼらしいから憐れんで構われているだけなのに、もしかして愛されていると思っているの？　物乞いのくせに。ブスは身のほどを弁えなさいよ」

せせら笑う声は辛辣だ。希実を甚振ることに躊躇いは一切ない。

むしろこちらが顔を強張らせたことで勢いづいたのか、花蓮は余裕を滲ませた。

「あんた程度、多少色気づいてもたかが知れているのよ。せめて自分で気づいて修吾さんから離れないと惨めじゃない？　私が散々助言してあげたのに、本当頭が悪いのね。彼に恥をかかせている自覚もないの？」

肩の辺りを正面から突き飛ばされ、避ける間もなく希実は壁際に追い詰められた。

いや、避けられなかったと言った方が正確か。

ひどい罵倒に唖然としたことで、反応が遅れてしまった。

「……し、修吾さんは私を大事にしてくれています……っ」

絞り出した声は掠れている。

それでも勇気を掻き集めて花蓮から視線を逸らすまいとした。

「飯尾さんが何と言おうと、私たちは正式に認められた夫婦です。私に構っている暇があるなら、他にもっとすることがあるのではないですか？　少なくとも仕事をサボっている場合ではありませんよ」

か細くても、最後まで言い切れたことに希実自身が驚いた。

昔なら、きっとひと言も反論できず、涙を堪えるのが精一杯だっただろう。

亀の歩みでも成長している。そう実感できたことが、希実により力を与えてくれた。

「私たち夫婦のことに、他人が口出ししないでください」

　毅然として告げれば、如実に花蓮の顔色が変わった。浮かべていた悪辣な笑みは消え去り、わなわなと震えだす。

　今にも掴みかかられそうな気配に希実が警戒していると、彼女が殊更意地悪く口角を引き攣らせた。

「……調子に乗っていられるのも、今のうちだけよ。──今、西泉さん、ここに来ているわよ。勿論、修吾さんに会いに」

「……え？」

　一瞬で頭の中が真っ白になる。愕然とした希実の様子に、花蓮が醜悪な笑みを深めた。

「嘘だと思うなら、自分の眼で確かめてきたら？　と言っても、社長室にいるから貴女じゃ行きづらいか。だけど修吾さんのお父様まで交えて、どんな話をしているのかしらね？」

　急にひどい頭痛がして、息が乱れた。

　元婚約者が訪ねてきた理由は色々考えられる。

　昔から家族ぐるみで懇意にしていたなら、挨拶に来ただけかもしれない。

もしくはヴァイオリンの演奏会に関して協賛を頼まれたか。現社長は、芸術面での支援を惜しまない人だ。

他にも可能性はいくらだってある。

だが希実は一番そうであってほしくない答えを、頭の中から消せずにいた。

「いよいよ、よりを戻すのかもしれないわね」

「……っ、私はもう仕事に戻ります……っ」

花蓮の言葉にものの見事に急所を突かれ、よろめく。壁にぶつかり、縺れる脚で倉庫をあとにした。

半ば呆然としたまま向かったのは、エレベーターホール。

希実に充分な打撃を加えられたことで満足したのか、彼女は追ってこなかった。

社長室は最上階にある。だが上へ向かうボタンをどうしても押せない。

いくら希実が修吾の妻であるとしても、今はいち社員だ。役員フロアに用もなく乗り込むなんてできなかった。

逡巡《しゅんじゅん》の末、希実は歯を食いしばりエレベーターのひとつに乗り込み、営業事務のあるフロアの階を押そうとボタンに触れる。

刹那、軽やかな到着音を立て、向かいのエレベーターが開いた。

そこに乗っていたのは。

——修吾さんと西泉さん……。

写真で見た通りの美しい女性と彼が、仲睦まじげに話していた。

顔を寄せた気安げな様子は、他人の距離感ではない。

もっと親密で、気を許した者同士の空気が、そこにはあった。

あまりにもお似合い。

小百合がさりげなく修吾のネクタイを直すところまで、自然かつ絵になる。

それは時間にすれば十数秒。

社員のひとりがエレベーターを降りてゆき、修吾たちを乗せたまま扉が閉まる。彼は、希実の存在にはまるで気づかなかった。

こちらの扉もゆっくりと閉じ、視界は遮られる。

希実は小さな箱の壁に寄りかかり、しばらく瞬きもできなかった。

修吾が一週間の出張へ出たことは、希実にとって救いだった。

まだ、面と向かって彼に真実を問い詰める勇気はない。

全部花蓮の言う通りだと認められたら、正気を保てない恐れがある。泣き喚いて修吾を責めてしまいそうな自分が怖かった。

――私は最低……彼は仕事なのに、西泉さんと会っているんじゃないかって少しだけ疑っている。

修吾は出張中、一日一度は必ず連絡をくれる。

しかもビデオ通話だ。

普通なら、疚《やま》しいことがない誠実さに、ホッとするところだろう。

けれどふたりの仲がよさげな姿を目撃して以降は、そんな行為すら希実を騙すためのアリバイ工作に感じてしまった。

修吾が出張へ行く前、電話の回数が増えていたことも不安を煽る。しかも希実の前では話し難いのか、そっと離れることが何度かあったのだ。

――私に甘い言葉を囁きながら、裏ではもしかして――。

ホテルの部屋にひとりでいることや、仕事の延長である会食をアピールして、希実の目を眩《くら》ませようとしているのではないかと。

本当は映像に入らない場所に、希実をせせら笑う小百合がいるのではないかと――。

――馬鹿げている。修吾さんがそんな真似するわけがない。

頭では分かっている。だが理屈ではないのだ。

猜疑心は勝手に膨らんで、日々成長してゆく。

その上、花蓮の余計な一言は毎日希実を苛んでいた。

大っぴらに嫌がらせを仕掛けてこないところが悪質で、他の人間には分からないようチクリチクリと攻撃される。

たとえば突然ヴァイオリンの話題を振られたり、「修吾さんから連絡はあった？」と聞かれたりだ。

全ては世間話の体。

下手に過剰な反応をすれば、希実の方が奇異な眼で見られかねない。

しかもこれまでそんな素振りはなかったのに、これ見よがしに視界に入る場所でクラシックの雑誌を広げられると、地味にストレスが溜まった。

今日も、「あ、この方世界ツアー中なのよ。まさに凱旋《がいせん》よねぇ。今は関西にいるみたい！」と笑顔で宣われた。

さりげなく指し示されたコンサート会場は、修吾が視察に行っている場所にほど近い。

ニンマリと笑った花蓮は、当然計算づくで口にしている。

まんまと瞳を揺らした希実は、曖昧な相槌しか打てなかった。

——苦しい。

日々、窒息しそうになっている。仕事を終え家に帰っても、そこには修吾の気配がそこかしこに残っていた。

以前であればそれが居心地のよさに繋がっていたけれど、今は痛みをもたらすものでしかない。

彼の残り香や、気に入りの食器。愛用のグッズにいつも座っていた場所。

共に暮らし始めて日数は短くても、思い出は数知れない。ふとした瞬間に泣きたくなる。そんな毎日の繰り返しだった。

——明日修吾さんが帰ってくる……。

そうしたら現実と向き合わなくてはなるまい。もう逃げるのも限界だった。

――昨夜のテレビ電話で、修吾さんは何か勘づいたかもしれない。

希実に対し『顔色が悪いが、体調が悪いのか？』と聞いてきた。台詞だけなら、妻を気遣ってくれる優しい夫。

画面越しでもこちらの変化に敏く、労わってくれている。にも拘わらず手放しで喜べず、疑う自分が心底嫌だ。

無理やり微笑んで、『少し疲れているみたい』とごまかしたものの、罪悪感に圧し潰されそうだった。

もし彼が希実を騙しているなら、平然としていられる演技力は感服ものだ。尊敬に値する。

――でも……始まり方からして私たちはお互いを利用しようとしていた……だとしたら、私が被害者ぶるのもおかしな話だわ……。

希実が修吾を愛してしまったから、裏切られた気分になる。さりとて、彼を責めるのも何かが違うと思った。

――忘れてしまいたかったけど、私たちは所詮〝契約〟から始まった関係なんだ……。

ならば修吾が希実を隠れ蓑にしてかつての婚約者を取り戻そうとしても、糾弾されるいわれはない。

そう考えると、出張中の彼に問い詰めることなんて、とてもできなかった。

――だけど悩むのもあと少しで終わり。

修吾が戻れば、これ以上引き延ばせない。現実的にも、希実の心情的にも。

幕が下りる瞬間は確実にやって来る。そのときを待つしかない自分に嫌気がさし、仕事を終えた希実は帰り支度を始めた。

――今夜も修吾さんから連絡はあるのかな……出たくないな……。

忙しくて気づかなかった振りをしてしまおうか。狡い考えがチラリと過る。

しかしそんな度胸もないくせにと、自分自身に苦笑した。

パソコンを落とし、まだ働いているフロアの社員に頭を下げ、先に退社する旨を告げる。

皆、特にこちらを見るでもなく、手を振ったり「お疲れ様」と声をかけてくれたりした。

一日中、花蓮からの嫌がらせに疲弊していた身としては、これくらい無関心な方がいっそ気が楽になる。

ストレスの原因たる彼女は、就業時間の終わりと同時に席を立ったので、希実は余計に重圧から解放された気分になり――油断していた。

廊下へ出て、エレベーター前でボンヤリとしているときに、花蓮に捕まってしまったのだから。

「もう帰るの？　せっかくだから食事でもしていかない？　どうせ修吾さんは今夜も戻らないものね」

わざとらしい大きな声が、エレベーターホールに響いた。

突然のことに驚いた希実の手首が、強めに掴まれる。

痛みを覚え振り払おうとしても、一足早くやってきたエレベーターの中へ強引に引っ張り込まれた。

皮肉にも、こんなときに限って他に人がいない。

戸惑っている間に扉は閉められ、狭い空間に花蓮とふたりきりになってしまった。

「……お疲れ様です。まだ、社内にいらしたんですね」

「化粧を直してから帰ろうと思って。私、化粧が剥げてテカった顔で帰るとか、無理だもの。みっともない状態で、よく出歩けるわよねぇ」

暗に希実を揶揄しているのは、明らかだった。

けれど全力で聞き流す。

希実が反応せずにいると、彼女は面白くなさそうに舌打ちした。

「あーあ、今頃修吾さん美味しいもの食べているんだろうなぁ。それとももう部屋に入ったかなぁ？」

チラチラとこちらの様子を窺いながら、花蓮が自身の毛先を弄っている。

子どもっぽい挑発だと分かっていても、希実は指先が冷たくなるのを感じた。

無視を決め込むつもりが、耳をふさぐことはできない。聞きたくないことほど、勝手に飛び込んでくるから厄介だった。

「あ、それともシャワーでも浴びているかな？　しかもひとりとは限らないよねぇ。修吾さんってスル前と後どっちに入るタイプ？」

「……っ、いい加減にして」

希実が無反応を貫いていることに痺れを切らしのか、彼女はかなり際どい発言をぶつけてきた。

それまでは抗議したとしても〝貴女の被害妄想〟と言い逃れできるレベルだったが、これは違う。

真正面から希実を侮辱し、笑い者にするため以外の何物でもなかった。

「えぇ？　何のことぉ？」

「今更とぼけないでください。何故私に絡むんですか？　いくら私に嫌がらせしても、修吾さんが飯尾さんのものになることはありませんよ」

怒りと屈辱感で声が尖る。自分でも信じられないほど、怒りの籠った声音が漏れた。

「は？　何それ」

柳眉を逆立てた花蓮が仮初の笑顔をかなぐり捨てる。

そのとき、タイミングを計ったようにエレベーターが一階へ到着した。玄関ホールには人がほとんどいない。だが無人でもない。

咄嗟に周囲に眼をやった希実は、苛立つ自分を懸命に宥めすかし、歩き出した。当然のように花蓮もついてくる。

「……言葉のままです。努力の方向性を間違っていますよ。もし私たちが別れたとしても、修吾さんには西泉さんがいるとおっしゃったのは飯尾さんです。それなら貴女が選ばれることはないですよね」

それとも花蓮は、あれだけ絶賛していた小百合に己が勝てる部分があると思っているのか。

さすがにそこまで言えないが、希実は冷ややかに彼女へ視線をやった。

「はぁ……っ？　何様のつもり？」

「それはこちらの台詞です。夫婦のことに他人が口を突っ込むのは、やめてください。それから――、ここで大きな声を出すと注目を集めますよ」

「優等生ぶらないでよ！」

希実が冷静に忠告したことも気に入らなかったのか、花蓮は落ち着くどころか増々興奮の度合いを高めた。

突然彼女が叫んだことで、周りの人間が振り返る。

運悪く他のエレベーターも到着して、数人の人々が下りてきた。

「え……何？」

「ほら常務のお嬢さんの……」

「もうひとりは東雲さんの結婚相手じゃない？」

ある意味社内の有名人であるふたりの顔は知られているようで、ヒソヒソ声が広がった。

全員立ち止まり、一向にエントランスホールから外へ出て行く様子はない。

突如始まった修羅場のせいで、野次馬根性を刺激された者、単純にどうすればいいのか分からず固まった者で希実たちは取り囲まれた。

「飯尾さん、静かに――」

「ああ、もう煩い！　あんた如きに私が負けるなんてあり得ないでしょ。だったらあの元婚約者の方がずっとマシ。私は親切心で、修吾さんが他の女と過ごしているって教えてあげているの！」

薄々予想はしていたが、やはり花蓮は希実に対し歪んだ嫉妬と優越感を拗らせていたらしい。

自分より劣る女に修吾を奪われるのが我慢ならず、彼が振り向いてくれないなら、いっそ勝ち目のない相手と一緒になればいいと考えたのか。

もしくは希実を傷つけることで己を慰めるつもりだったか。〝私より下がいる〟と確認したくて。

どちらにしてもひどく後ろ向きで非生産的だ。結局誰も幸せにはならない。

皆が苦渋を味わうだけの、不幸のごみ溜めのようだと思った。

「……付き合いきれません」

本当は希実だって泣き喚いてしまいたい。

感情的に彼女へ当たり散らせれば、少しは気が楽になるだろう。

けれどそれをしてしまうと、確実に後悔する。

――それに――私はまだ修吾さんに真実を確かめていない。欠片ほどの希望だとしても、私は彼を信じたいんだ。

愚かだと思う。如何にもチョロい女だ。

こんなだから、利用されたり馬鹿にされたりするのかもしれない。

だがだとしても、それが希実のプライドでもあった。

「待ちなさいよ！」

「……つっ」

衆人環視の中、無理やり腕に掴みかかられた。

花蓮の長い爪が希実の肌に食い込む。痛みに呻き手を引こうとしたが、眼を血走らせた彼女の力は相当なものだった。

「まだ話は終わっていないわ！」

「私は飯尾さんと話すことがありません」

「生意気言っているんじゃないわよ。ブスが私に逆らわないで！」

すっかり我を忘れた花蓮が片手を振り上げる。

もはや大勢に見られていることも分からなくなるくらい、興奮しているらしい。

周りの人間は呆然と立ち竦むばかり。殴られると覚悟して、希実は強く眼を閉じた。

「私の妻に何をしている」

だが痛みの代わりに降ってきたのは、優しい声。

低く艶のある美声は、いつも希実を癒してくれたもの。

次に会う日を恐れていたはずが、短い言葉を耳にした瞬間、懐かしさに涙腺が緩んだ。

「修吾さん……っ」

まだ関西にいるはずの彼が何故ここにいるのか、分からない。

混乱のあまり何度も瞬く。それでも、瞳に映る光景は変わらなかった。

顔面蒼白になった花蓮と、その手首を拘束する修吾。

周囲は完全に沈黙している。誰も動き出すきっかけを掴めぬまま何秒経ったのか。

修吾がため息交じりに辺りを睥睨すると、呪縛が解けたかのように皆がそそくさと動き出した。

あっという間にエントランスホールからひと気はなくなる。

希実と修吾、花蓮を残して。

「ここではまた人目につく。行くぞ」

「え……どこに」

花蓮の手首を掴んだ状態で歩き出した修吾を、希実は慌てて追いかけた。

その手の引っ張り方には容赦がない。

いつも希実と手を繋いで歩いてくれる気遣いは微塵も窺えず、『連行』と呼ぶのが相応しかった。

しかし通常なら文句を喚き散らしそうな花蓮は、引き摺られながらも黙って歩いている。未だ立ち直れていないのか、どこか呆然としていた。

やがて到着したのは、倉庫。

不本意ながら馴染みの場所であり、もしくは因縁の地と言うべきところだった。

「――さて、先ほどの騒ぎはいったいどういうことだ」

修吾が厳しい顔を花蓮に向ける。

だが当の本人は忌々しげに明後日《あさって》の方向を向いた。

「飯尾さん？　私には貴女が妻を人前で罵倒し、殴ろうとしているように見えたが？」

「それは……っ、か、彼女が私を怒らせるのが悪いのよ！」

あくまでも自分に非はないと信じているようで、花蓮は消沈した態度から勢いを取り戻した。

希実を睨みつけ、歯を剥き出しにする。

少し前に『化粧が剥げてテカった顔で帰るとか、無理』と宣っていたが、まさか自分が該当しているとは思っていないに違いなかった。

「妻が、貴女を？」

「そうよ。私がせっかく忠告してあげたのに、生意気なことばかり言って……だから現実を分からせてあげようとしただけじゃない」

「もう少し詳しく教えてくれないか？」

修吾が穏やかに問いかけ、話を聞く姿勢を見せたことで気をよくしたのか、花蓮がいっそう余裕を滲ませる。

上手く立ち回れば、彼を自分の味方につけられると踏んだのかもしれない。

小馬鹿にした表情で、希実を指さしてきた。

「彼女が自分の立場を理解していないので、教えてあげたのよ。修吾さんは西泉小百合さんとよりを戻すんでしょう？　だったら恥をかく前に、せめて自分から身を引いたらって助言してあげたの」

修吾に真実を問うのは、希実の役目だと思っていた。

それなのに、こうして第三者にぶちまけられて、余計に辛い。

だが賽《さい》は投げられてしまった。もう取り返しはつかない。答えを聞かなくてはならない瞬間が早まっただけ。

傷だらけになりながらも、希実は覚悟を固めた。

「……修吾さん、飯尾さんが言っていることは本当ですか？　婚約者だった方と復縁される予定があるなら――」

「いったい何の話だ」

困惑を隠さない彼が眉をしかめた。珍しく非常に動揺しているのが見て取れる。

その様子に驚いたのは、今度は希実の方だった。

「……え？　昔婚約していた西泉さんと会っていらっしゃるんですよね……？」

「父もよく知る俺の幼馴染と彼女の結婚が決まったので、祝いの席を設ける打ち合わせはしていたが……それが何故復縁という話になるんだ？」

戸惑いも露わな修吾に、嘘を吐いている気配はない。

本当に身に覚えがないのか、じっと希実を見つめてきた。

「あの、飯尾さんがそう……」

「飯尾さんがそんなことを？」

彼がジロリと花蓮を見やる。修吾の双眸には冷たい焔が揺らいでいた。そのことに、彼女も気がついたらしい。

「な、何で私をそんな眼で見るの？　私は修吾さんを思って……」

「それで根も葉もない嘘で、妻を傷つけたのか？」

希実が聞いたことのない冷ややかな声に、問われたのは自分でなくとも背筋が震えた。

大声で威嚇したり、あからさまな脅迫を織り交ぜたりしたのでもない。

けれど人を委縮させるのには充分な威圧感を伴っていた。

修吾の怒気を直接向けられた花蓮ならば、尚更だろう。

彼女は絶句して、再び顔色が悪化した。

「なるほど。だいたいの経緯が呑み込めた」

「あ、あの……今、根も葉もない嘘って……」

「ひとつ確認したい。希実は彼女の戯言を信じたのか？」

彼の怒りの矛先が、突如こちらにも向けられた。

冷静であろうとしているのは傍から見て分かる。だが抑えきれない苛立ちが、修吾の全身から立ち上っていた。

「そ、それは……」

「俺は誠実に君への愛情を伝えてきたつもりだったが、足りなかったみたいだ。まさか新婚の妻が夫を信じてくれないなんて夢にも思わなかった」

「信じていなかったわけではなくて……！」

「では俺が出張中、どうしてずっと不安そうだったんだ？　特に昨夜は、とても顔色が悪かった。君は大丈夫だと虚勢を張りがちだから余計に心配になって、仕事を前倒しして帰ってみれば、浮気者扱いとは恐れ入るな」

やはり気づかれていた。

その上で希実を案じ、大急ぎで戻ってきてくれたのだと思うと、瞳の奥が熱くなる。

この数日ずっと胸の中に蟠っていた重いものが、急に消えてゆく気がした。

――修吾さんが怒っているのに嬉しいなんて、私どうかしている……。

「西泉さんとは特別な関係ではないんですか……？」

「彼女とは確かに子どもの頃婚約の話もあったが……全部過去のことだ。今はもう、友人の婚約者としか見ていない」

彼の言動に後ろめたさはまるでなかった。

よほど演技の天才でもない限り、信じていいと思える。いや、信じたいと希実は心の底から願った。

――私は飯尾さんの言葉よりも、修吾さんを信用したい。

結果、騙されることになったとしても。

愛しい人のことを疑って、自分自身がボロボロになっていくより、信じる心を失いたくない。

――それに万が一、彼の心が元婚約者へ傾いたとしても――私だって愛してもらえるように頑張ればいい。

そんな努力もせずに嘆くばかりでいたくなかった。

希実は数度深呼吸し、少し離れた場所に立つ花蓮に視線をやる。彼女は、居心地悪そうにチラチラと扉を見ていた。

おそらく逃げ出すタイミングを探っていたのだろう。

にも拘わらず希実と眼が合うと、途端に虚勢を張り始めた。

「簡単に言い包められちゃって。馬鹿みたい」

「修吾さん、私の勝手な思い過ごしで疑ってごめんなさい。……それから飯尾さん、貴女が私を嫌って悪く言うのはまだ我慢できます。でも、修吾さんを貶める真似はやめてください」

希実だけが下に見られて嘲られるのは耐えられた。

けれど花蓮の言葉が偽りで、修吾に関する件がでっち上げなら、それは彼の不利益でしかない。

彼女は『東雲修吾は妻がありながら、かつての婚約者と浮気をしている』と吹聴しているようなものだ。

これは到底見過ごせることではなかった。

「誹謗中傷も甚だしいです。謝ってください」

「はっ？　私が貴女に？　冗談じゃないわよ」

この期に及んで、花蓮はまだ希実を見下している。馬鹿にしていい相手と見做し、その思い込みから抜け出せていない。

彼女にとっての価値基準に倣えば、希実は下の下だから。

地味で暗く、ダサくて美人ではない。流行に疎くて人付き合いが苦手。男友達は皆無。勉強ができてもノリが悪く、融通は利かない――。

――だけどそんな序列……学生時代なら通用しても、大人になればもっと別に大事なものが生まれるのに……。

いっそ哀れみを抱く自分は、彼女の言う通りチョロいのかもしれない。

嫌悪より同情が勝って、花蓮を憎みきれないのだ。

「飯尾さん……」

しかし希実に微妙な表情を向けられることを、彼女は屈辱と捉えたらしい。

顔を真っ赤に染め、再び両目を吊り上げた。

「あんた程度が私に意見しないで！　貴女に謝るなんて死んでもごめんだわ！」

「……っ、君、いい加減に――」

「私にじゃありません。修吾さんにです」

聞き捨てならない侮辱で修吾のこめかみに青筋が浮いたが、希実が毅然と告げれば、彼は驚いたようにこちらを振り返った。

気づけば修吾は希実を花蓮から守るように背中に庇ってくれている。

だがいつまでも人の背後に隠れて怯えている自分ではいたくない。

希実は勇気を振り絞り、彼の影から出て花蓮と相対した。

「……飯尾さんは修吾さんを……私の夫を侮辱しています。そのことを謝ってください。彼は妻である私を裏切ってなんていません」

これまで彼女に言い返すことはあっても、真正面から眼を見て声を震わせることなく発言できたことはなかった。

けれど今は、喉が詰まることもなく、明瞭な音にできた。

そのことに自分でも驚く。そして修吾も感心した様子で希実を見守ってくれていた。

「あ、謝ってほしいのは私の方……」

「何故です？　根拠のない嘘を散々私に言いましたよね。もしこれが他の方の耳に入れば、修吾さんの評判を意図的に落とそうとしたと思われても仕方ありませんよ。彼は一般社員ではありません。会社全体の問題になりかねない自覚はありますか？」

「え……？」

希実が淡々と告げれば、ようやく花蓮は己の所業に気づいたようだ。

段々と顔色が悪くなり、最後は真っ白になった。

「わ、私はそんなつもりじゃ……だいたい言い触らしたわけでも……」

「先ほどエントランスホールでのことは、大勢の人が目撃しました。中には口が軽い人がいるかもしれません。貴女が事実ではない修吾さんの不貞を主張していたのは、沢山の方が見ていましたよ」

これまでの花蓮は、巧妙に希実だけを攻撃していた。他者には気取られないよう、『分かる人には分かる』方法で。

陰湿ではあったが、それはいくらでも言い逃れが可能なやり方だ。

希実が気にし過ぎだと言い切られればそれまで。けれど先刻の一件は軽率だった。あれではとても『私は無関係です』は通らない。さしもの常務も、娘の愚行をなかったことにはできないだろう。

　大っぴらな処分が下されなかったとしても――人の口に戸は立てられないのだから。

「希実の言う通りだ。いくら何でも穏便に片づけられないな」

「し、修吾さんっ」

　焦った様子の花蓮が、愕然とする。

　重々しく告げた彼に、本気で突き放されたことは伝わったようだ。

　だが修吾の冷淡な眼差しは、もはや取りつく島もなかった。

「後日、改めて今回の件に関して通達する」

　それだけ言うと、彼は希実の腰を抱いて歩き出した。

　花蓮を置き去りにして倉庫をあとにする。足取りには迷う素振りは微塵もない。

　希実が閉じた扉を振り返ろうとすると、やんわりと背中を押された。

「あ、あの……あんなことを言って大丈夫ですか？　飯尾さんは常務のお嬢様ですし、社長にも可愛がられているんじゃ……」

「心配ない。あとは全て俺が片づける。それより、希実の格好よさに惚れ直した」

「こ、こんなときに何を……！」

　微笑む修吾の瞳には、うっとりとした熱が宿っている。視線は、希実にのみ注がれていた。

「優しい君が俺のために戦ってくれたんだと思うと、愛しくて堪らない」

「あ……」

希実に花蓮へ真っ向勝負を挑ませた一番の理由は、彼を侮辱されたからだ。

そのことを理解してくれている修吾に、胸が締めつけられた。

──こんなにも私を分かってくれている人が、他にいる……？　世界中探しても、修吾さん以外いないわ……。

「帰ろう。俺たちの家に」

「……はい！」

込み上げる涙を笑顔で散らす。

もう希実の頭の中から、花蓮のことは遠くへ追いやられていた。

約一週間ぶり。

長くもあり、短くもある。

共に暮らすようになってからの日数と、話すことすらなかった日々と比べれば、どちらとも言える〝離れていた期間〟。

だがふたり揃ってマンションに帰り、玄関のドアを閉じた瞬間、恋しかった気持ちが一気に弾けた。

「ただいま」

「お帰りなさい……！」

靴も脱がずに抱き合って、鞄は足元に落ちた。しかしそれを気に留める余裕はない。

視界に入るのは愛する人。

両手でその全てを感じ取りたくて、他は一切意識の端にも引っかからなかった。

鼻から大きく息を吸い込んで、修吾の香りで肺を満たす。頬を彼のジャケットへ押しつければ、この上ない幸福感が押し寄せた。

「会いたかったです……！」

「俺もだ。電話ではよそよそしかったから、少し不安だった」

希実のつむじに修吾の吐息が降りかかる。たったそれだけで、愉悦が全身を駆け巡った。

「ごめんなさい。色々あって……修吾さんを疑ってしまいました……」

「本気でショックだった。でも正直に言ってくれたから、許すよ」

頭皮に彼の鼻が擦りつけられ、擽ったい。

一瞬も離れたくない気持ちが込み上げ、希実はより強い力で修吾に抱きついた。

「……私、これからも修吾さんの奥さんでいていいんですか？」

「今更嫌だと言われても、逃がしてやらない。君に捨てられたら、俺は駄目になる」

「修吾さんが駄目になるところなんて、想像できません」

常に堂々とし、余裕と自信を感じさせる人だ。希実如きのせいで打ちひしがれるとは思えなかった。

「なるよ。だって生まれて初めて自分が欲しいと渇望して、選んだ相手だ。……小百合さんとは確かに以前婚約していたけれど、破談になっても特に傷つくことはなかった。むしろ友人である彼女が叶えたい夢に向かえるなら、喜ばしいことだと祝福したよ。だけど希実だけは……絶対に失いたくない」

微かに震えた声に、切実さが滲んでいた。

希実の名前を呼ぶ声音が優しい。希《こ》われ《い》て《ね》い《が》る心地がする。

絡みついてくる彼の腕も、言葉以上に希実を欲してくれていた。

「私から修吾さんを捨てるなんて、あり得ません」

「俺だって同じだ。それなら俺たちは一生離れることはないな」

ほうっと吐き出された彼の呼気が、希実の耳を掠めた。

生温かい熱が、全身に伝わってゆく。

痺れに似たそれはたちまち四肢まで滲み、心の内側まで温もらせた。

「今すぐ希実を抱きたい」

飾り気のない誘惑にクラクラし、羞恥と興奮が入り交じる。

真っ赤になった顔では、とても修吾の瞳を見返す勇気がない。

希実は彼の胸へ頬を埋めたまま、小さく頷いた。

「でも、シャワーを……」

「一分一秒でも惜しい」

情欲が剥き出しになった声に耳を焼かれる。

鼓動が煩く暴れ、呼吸もままならない。引き攣る喉から漏れたのは、音になり切らない震えだった。

呻きや悲鳴とも違う。掠れたそれは、どこか濡れている。

淫猥さを孕んだ音が希実の鼓膜を揺らし、余計に淫らな期待が膨らんだ。

首筋に吸いつかれて、一瞬痛みが走る。

赤い痕を残されたのは明白で、しかも位置的にハイネックを着なくては隠し難い。

更に希実が止める間もなく立て続けに唇を寄せられ、その都度リップ音が響いた。

「あ……っ、修吾さん！　そこは見えちゃう……っ」

「見せつけてやりたい。希実は俺のものだって。でないと安心できない」

「は、恥ずかしいじゃないですか」

「こうでもしないと、君は俺の気持ちをまた疑うかもしれないじゃないか」

やや拗ねた様子で彼が言うものだから、希実はつい笑ってしまった。

まさかまだ先ほどのやり取りを根に持っているとは思わなくて、何だかおかしい。

それに修吾の必死さが伝わってきて、可愛いと思った。

──こんな一面がこの人にあるなんて……。

まだ自分には彼について知らないことが沢山あるのだろう。

おそらく、知っていることの方がよほど少ない。

だからこそ、これから先長い時間をかけて理解を深められると思うと、たとえようもない歓喜に包まれた。

他人だったふたりが結婚によって家族になる。

並んで歩き始めたばかりの自分たちは、この先さまざまな悩みや問題にぶつかるに違いなかった。

けれどその度に、きっと今日のことを思い出す。

心が本当の意味で重なったと実感できた、記念日同然だった。

「……疑いません。修吾さんが私を想ってくれているのは、ちゃんと伝わってきました」

「信じよう。希実が俺を信じてくれたみたいに」

幾度も軽いキスを繰り返し、やがて深く口づける。

舌を絡ませ相手の口腔を味わって、夢中で唾液を混ぜ合った。

淫らな水音が玄関に響く。もどかしく靴を脱ぎ捨てると、希実は彼に抱き上げられた。

「きゃ……っ」

「信じるから――一緒にシャワーを浴びようか？」

「な、何でそんな話になるんですかっ？」

「希実は汗を流したい。俺は君と少しも離れたくない。だったらこのままシャワーを浴びれば全部解決だ」

さも正論のように言い切られ、ほんの数秒『そうかも？』と思いかけたが、希実は慌てて首を横に振った。

「いいえ、解決していません！」

危うく騙されるところだったが、言い包められてなるものか。

未だにベッドで抱き合うことも慣れないのに、いきなりふたりで入浴はハードルが高過ぎる。

とてもじゃないが『いいアイディアです』とは返せなかった。

「は、恥ずかしいじゃないですか……っ」

「だからこそだ。俺は君を信じるし許すけど、ほんの少し意地悪をしたくもなっている。何せ妻に不貞疑惑を持たれたんだぞ……そのショックは配慮してくれ。希実が悪いと思ってくれているなら、俺の我が儘を聞いてくれてもいいじゃないか」

強引な論法だ。詭弁と言っても過言ではない。

だが痛いところを突かれた希実は、言い返せずに口籠もった。

束の間の沈黙が落ちる。

ニヤリと笑う修吾に抱え直され、希実は成す術なくバスルームへ運ばれた。

「待って、修吾さん……！」

「待たない。出張中、ずっとお預けだったんだ。一刻も早く希実に触れたい」

揶揄いとは違う真剣な表情と声に、彼の渇望が滲んでいた。

男の劣情に当てられて、こちらも酩酊しそうになる。

腹の奥がズクンと疼き、蜜口が潤むのが希実自身にも分かってしまった。

「希実は？　俺の不在中、寂しいと感じなかったのか？」

服を着たままバスルームの床に下ろされ、至近距離で視線が絡んだ。

膝をついた修吾が真摯な眼差しを注いでくる。その双眸に宿る焔に焼き尽くされそうだと思い、希実の喉がゴクリと鳴った。

「……勿論、寂しかったですよ……」

同時に不安だった。

早く帰ってきてほしいのに、結論を先延ばしにしたくて戻らないままでいてくれればと、愚かなことも願っていた。

自分の気持ちも分からなくなって、そんな間隙を花蓮に突かれたのだろう。

馬鹿げた話に囚われ、惑わされてしまうほどに。

「会えない間、毎日希実を想っていた」

「電話はしていたじゃないですか」

「顔を見て声を聞けば、余計に会いたくなる。希実は？」

「私だって……！」

恋しさがいっそう募った。だから辛かった。

初めての恋に振り回され、一番大切なことを危うく見失いそうになっていたのだ。

「修吾さんが好きだから、寂しくて不安になるんです……」

「ごめん。君にそんな気持ちを抱かせた俺が悪いな。これからは馬鹿げた嘘が入り込む隙もないくらい、希実に愛情を伝えるから許してくれ」

彼に非は全くない。それなのに謝ることで、希実の罪悪感すら引き受けようとしてくれた。

あまりにも懐が広いところを見せられて、より愛おしさが増す。

きっとこの先、修吾以上に希実が愛せる人は現れない。

そして自分へ惜しみなく愛を注いでくれるのも、彼だけだと思った。

「……せめて脱衣所で脱がないと……」

「ごめん。少し焦った」

謝るものの、修吾はバスルームを出る気はないらしい。むしろ脱衣所とこちらを隔てる扉を閉じてしまう。

密室となった空間で、着衣のまま強く抱き合った。

離れたくないのは、こちらも同じ。気持ちが高まったせいで、尚更離れ難い。

希実が彼の背中に力一杯手を回せば、それを上回る強さで腰を抱かれた。

座り込んだバスルームの床は、やや冷える。

けれど自分の身体が発熱しているせいか、まるで気にならなかった。逆に火照っている肌に心地いい。

密着する身体は、どんどん熱くなってくる。息は滾り、修吾が希実の服を脱がせてくるのを止めようとは、もう思わなかった。

「ふ……ん……っ」

急く思いが見え隠れしていても、繊細な手つきでブラウスのボタンを外されると、大事にされている実感が湧き、嬉しくなる。

ひとつずつボタンが外される度、あちこちにキスを落とされた。

唇は勿論、瞼や鎖骨にも。

次にどこへ口づけされるか分からないので、眼が離せない。ドキドキしながら、まるで待ち望んでいるようだ。

顎にされたときには勿体つけられた気もして、意図せずにか細い息が漏れる。

喉を震わせた呼気は、淫靡な音を伴った。

「修吾、さん……っ」

「プレゼントのラッピングを解いている気分だ」

脱がされた服は、片隅に重ねられてゆく。

素肌が晒された肩を摩られると、甘い喜悦が希実の内側をざわめかせた。

ただ脱いでいるだけ。これまでにも何度も味わった気恥ずかしさだ。

それでも慣れることのない時間が、今日は殊更に長い気もする。

実際、焦らされているのかもしれない。丁寧過ぎる手つきで生まれたままの姿にされる頃には、希実の息が上がっていた。

酔ってものぼせてもいないのに、眩暈がする。呼吸が乱れて、喘ぐように息を継ぐ。

寒さと暑さを両方味わいつつ、希実は潤む眼差しを彼に据えた。

「……私ばっかり狡い、です……っ」

裸なのは希実だけ。彼はまだ、ジャケットすら脱いでいない。

その差が恥ずかしくて、翻弄されっぱなしの自分がもどかしくもあった。

「それじゃ、希実が脱がしてくれ」

「わ、私が……っ？」

想定もしていなかったことを告げられ、狼狽した。

当然、男性の服を脱がせたことなんて一度もない。そんな発想を抱いたこともなかった。

動揺して修吾を見返せば、彼は両手を広げて待っている。

口元は、穏やかでありながら愉悦を帯びた笑みを形作っていた。

「今日は上だけで許してやる」

それくらいなら、と受け入れてしまった希実は、これが巧妙な交渉術の一環だとは知る由もない。

人は一度相手の要求を断ると、その次の願いを拒否しにくくなるのだ。

まんまと修吾の策略に嵌った希実は、彼のジャケットとワイシャツを脱がせにかかる。

よもや真剣にボタンと格闘している自分を、修吾が不敵な笑みで見下ろしているとも知らず。

「……で、できました」

「よくできました」

額に口づけされて褒められると、悪い気はしない。

希実が達成感で笑顔になれば、彼も笑み返してくれた。

「……希実は純真で頑張り屋だ」

「ごく普通ですよ」

「そう言えてしまうところが、君の魅力でもある」

微笑んだ修吾がベルトに手をかけたので、希実は慌てて後ろを向いた。

さすがに彼が下を脱ぐのを見届ける勇気はない。

背後でバックルがカチャカチャと音を立てるのが、異様に卑猥に感じられ頬が熱くなった。

シャワーが出され、しばらくすると蒸気が上がる。

バスルームに白い靄が立ち込めて、素肌を直接触れ合わせた。

広い胸板に抱き締められると、ホッとする。

改めて『この人が好きだ』と実感し恍惚感が増した。

つい少し前まであんなに恥ずかしかったのに、今はもう修吾への気持ちで胸は一杯だった。

他には何も入り込む余地がない。

愛おしさではち切れそうで、絶大な幸福感が怖いほど。

どちらからともなく漏らした息を辿り、飽きることなく唇を重ねた。

「は……」

蒸気に温められ、より体温が上がる。

床を跳ねた湯が肌を濡らして、微かな刺激も官能を掘り起こした。

いつの間にかふたりとも立ち上がり、夢中で抱き合う。

身体の凹凸がピタリと合わさる抱き心地が、気持ちのよさと充足感を運んできた。

まるで初めから誂《あつら》えられたみたいで嬉しい。

全身で好意を伝え、しっとりと汗ばむ肌を弄った。

シャワーでずぶ濡れになりながら、視界に宿すのは互いだけ。

呼吸と言葉を奪い合うキスは、どんどん深く濃厚なものになる。

淫猥な水音が自分たちの立てているものか、シャワーによるものかは分からなかった。

だがどちらでもいい。

耳も眼も、舌も鼻も、触感も全部彼を感じ取るためだけにあればいい。他は全部後回しで構わない。

約一週間ぶりに味わう夫の存在以上に大事なものなんて、希実にはひとつもなかった。

「修吾さん……好きです……」

「もっと言ってくれ、希実」

恍惚とした表情で、修吾が希実の髪へ指先を遊ばせた。

滴が滴る髪を掻き分け、耳朶を齧られて首筋を舐められる。

眦をなぞる指先が優しい。それでいて、甘噛みし隙あらば希実の肌にマーキングしてくるところは、容赦がなかった。

「や……噛んでは駄目です……！」

「いっそ食べてしまいたいけど、希実に痛い思いはさせない」

だからといって安心もできないのだが、肋骨《ろっこつ》を辿る彼の手に、意識が持っていかれた。

「ぁ……っ」

湯の助けを借りて、いつもよりも滑らかに撫で摩られる。

これまでとは異なる感触が、こそばゆくて心地いい。

希実が小さく艶声を漏らせば、修吾が指先で脇腹につぅっと線を描いた。

「ひゃ……っ」

ゾワゾワとした悦楽が脳天へ駆け抜ける。

淫らで刺激的なのに、まだ快楽の源泉になる部分には触れられてもいなかった。それがとても信じられない。

今でさえ、希実は膝が戦慄くほどギリギリの状態で立っているのだ。

これよりも快感を与えられたら、自分はいったいどうなってしまうのか。

恐ろしくもあり、期待が満ちる。

こぼれそうな声を希実が必死に堪えていると、乳房の先端を突然食《は》まれた。

「あ……！」

驚いて下を向き、即座に悔やんだ。

獰猛な彼の眼差しが希実に突き刺さる。絡んだ視線を逸らせない。

じっと見つめ合ったまま、淫らに色づいた胸の飾りが飴玉のように転がされるのを見せつけられた。

「や、駄目……」

「可愛い」

もう立っていられない。

両脚から力が抜けかけ、危うくしゃがみ込みそうになる。

くずおれずに済んだのは、修吾が希実をバスタブの縁に座らせてくれたからだった。

「そんな涙目で見つめられたら、あまり意地悪できなくなる」

未熟な希実を労わる頬擦りとキスが、安心感を与えてくれた。興奮は変わらず高まるばかりなのに、不安は拭い去られる。

同じ温度になった体温を分かち合い、再び素肌を重ねれば、身体の奥が蕩けるのを感じた。

「……少し脚を開けるか？」

恥ずかしくて躊躇う気持ちは燻っていても、彼の希望を叶えたい気持ちの方が強かった。

希実が開いた膝の狭間に、修吾の手が忍び込んでくる。

彼にだけ許した場所を優しい手つきでなぞられると、いっそう愛蜜が滴った。

「んん……っ」

シャワーの水音が下肢から奏でられる淫音を隠し、代わりに修吾の声と息遣いが鮮明になる。

隘路《あいろ》を探られる度に、希実は身体をヒクつかせた。

気持ちがよくて幸せで、心安らげる居場所はここ以外にない。

彼の腕の中にいると、辛いことも悲しいことも全部些末なことに思えてくる。

少し前まではそれがさながら依存のようで怖かったが——今は欠片も取りこぼしたくないと感じた。

「希実、我が儘になってもっと俺を欲しがれ」

「あ……ぁ……っ」

貪欲になっていいと、修吾が言ってくれるから。遠慮せず、いくらでも望んでいいと伝えてくれるから。

体内に入ってくる彼の一部を締めつけて、希実は修吾がくれる喜悦を素直に甘受した。

「好き……っ、修吾さん……！」

「愛している、希実」

繋がってキスをして、特別な相手にだけ許される距離感で微笑み合った。

彼の逞しい腕に支えられ、不安定さは全くない。共に律動を刻みながら、ひたすらに言葉と身体で愛情を交わした。

離れていた時間を取り戻すため、煩わしいことは全部忘れて。愛する人の全てを己の中へ刻みつけるために。

「え……飯尾さん、会社を辞めたんですか？」

あの騒動のあと、再び欠勤を続けていた花蓮は異動の内示が出たが、最終的に有休を消化し終えた時点で退職になったらしい。

だが机の片づけは勿論、引継ぎなどもしていない。

希実にしてみれば、揉めてから一切顔を合わせていなかった。

「んん、表向き自己都合の退職ですけど……実際は、ねぇ？」

花蓮の後任として異動してきて、最近一緒にランチをすることが多い同僚女性は、言い難そうに小首を傾げた。

場所は会社近くのファーストフード店。言外に、あの日の件が原因だと匂わされた。

「まぁ、あの場には社外の人間もいたので、完全に揉み消すのは常務でも無理だったということですよね。一応は留学という名目みたいですよ。実際のところは——あくまでも噂ですが、僻地へ謹慎だとか厳しいお家へ嫁がされたとか……とにかくあの日以降飯尾さんの姿を見た方は誰もいないそうです」

「そ、そんなことになっていたんですか？」

唖然として二の句が継げない。

十中八九、修吾が何か手を回したのではないだろうか。

おそらく彼に聞いても笑顔でごまかされそうだけれど。

「こう言っては何ですが、皆ホッとしているんじゃないですかね。営業事務の方々は飯尾さんに少なからず迷惑を被っていたと聞きました。私も前任者と顔も合わせられず不安でしたが、引継ぎなしで業務に支障がないって、皮肉ですよねぇ」

彼女の言う通りで、申し訳なさが募る。

しかも花蓮とは比べ物にならないくらい仕事ができて性格がいい人物が配属され、希実も内心喜んでいたのだ。

職場で初めて、仲よくなれそうな人に出会えて。

「……色々面倒をかけてすみません」

「え、東雲さんが謝る必要はありませんよ。むしろとってもお世話になっていますし！」

ははははと明るく笑った彼女が、希実の背後に視線を止めた。

そして慌てた様子で立ち上がる。

「あ、それじゃ私は先に失礼しますね」

「え？　私も……」

「いえいえ、まだ時間はありますからゆっくりしてください」

いつになく慌ただしく去ってゆく彼女を不思議に思っていると、希実の肩が後ろから叩かれた。

「偶然外から君が見えた」

「修吾さん！」

振り返った先にいたのは、希実の夫だった。どうやら同僚は彼に気づいて気を利かせてくれたらしい。

「仕事の途中で会えるなんて、嬉しいな」

「私もです」

今日も夫は人目を惹く麗しさを放っている。庶民的なファーストフード店が、急にざわめいているのがその証拠。

こちらへ集中する人々の視線を感じつつ——希実は『素敵だなぁ』と臆することなく感動していた。

家に帰れば当たり前に修吾と会えるとしても、こんな偶々はご褒美同然である。

「せっかくだから一緒に社へ戻ろう」

「はい、ぜひ！」

希実は幸せを噛み締め、午後の仕事も頑張ろうと心に決めた。

END

特別書き下ろし番外編

意地悪で優しい旦那様

「そろそろタイムリミットだ」

告げられた言葉の意味が分からず、希実は瞳を瞬き、夫である修吾を見つめた。

何か、時間制限がある約束でもしていただろうか。しかし思い当たる節は全くない。

ふたりでゆっくりと過ごせる貴重な休日の夜に、突然何かの終わりを宣言されて、困惑しかできなかった。

時刻は夜二十二時前。眠るにはまだ早い。

並んでリビングのソファーに腰かけて、愛らしい動物番組を眺めていたところだ。

そんなほのぼのとした時間を満喫していたのに、突然の展開は不可解だった。

「えっと……何のことですか？」

「俺たちが入籍して、何か月経った？」

「六か月、ですね」

思い返せば色々あった半年間だった。

契約でしかなかった関係が、まさか本物になるとは、いったい誰に予測できただろう。

以前の希実に伝えても、到底信じられないに違いない。

あっという間であり、もうとも言える、人生が激変した日から半年。

甘酸っぱい思い出と思い出したくもない出来事が混在する期間を、希実はそっと反芻《はんすう》した。

ちなみにその間に自分たちの結婚式を挙げた上、修吾の親友と小百合の挙式にも参列している。

他にも人生初のパーティーとやらに同席し、彼の妻として方々に紹介された。

――本当に色んなことがあったなぁ……。実際にお会いした小百合さんは、とても素敵な女性だったし、修吾さんの幼馴染の方を心の底から愛しているのが伝わってきた。

一時でも彼女のことを疑ってしまった自分が恥ずかしく、申し訳ない。

花蓮の戯言に踊らされた日々は、完全に黒歴史である。

「そう、半年だ。だが、いったい君はいつになったら、俺を〝さん〟づけで呼ばなくなり、敬語をやめるんだ？」

「え」

よもやそんなことを苦々しい顔で言われるとは思いもよらず、希実は固まった。

だがよく考えてみたら、随分前にふたりの距離感を縮めるため堅苦しい喋り方を改めるよう言われていた。

あのときはうやむやにし、そのまま今日まで来てしまったのだが——。

「……もうこのままで支障ないと思いませんか？」

距離感云々なら、充分縮まった。名実共にふたりは夫婦だ。

偽装でなく、一生を共にすることを誓い合い、気持ちの上でも固く結ばれている。

だからこそ希実にとっては『今更何を』な話だった。

「支障はある。俺が気にいらない。どうして他人行儀のままなんだ」

「他人行儀のつもりはありません」

他者と話す際、希実はよほど昔からの友人か家族でもない限り基本的に敬語なので、これが普通だった。

ゆえに、心を許していないとかそういう話ではないのだ。

ごく自然。特に含むところはひとつもない。

しかし修吾からすると、面白くなかったらしい。

「俺たちは誰よりも近い関係だ。違うか？」

「いいえ。修吾さんのおっしゃる通りです。ふ、夫婦ですから」

若干照れながら希実がはにかめば、彼はじっとこちらを凝視したあと、深々と嘆息した。

意図せず、余計に苛立たせてしまったようだ。

「だったらもっと気安く話してくれないか。君の喋り方は丁寧で可愛いが、その他大勢と俺が同じなのが不愉快だ」

「ええ……」

そんなことを言われても、と面食らう。

しかも不愉快の理由が〝他者と同列に扱われている気がする〟とは。

まるで駄々を捏ねられている気分になり、希実は戸惑った。

「修吾さんは特別です。そんなの、当たり前じゃないですか」

話し方程度で揺らぐことではない。彼は希実にとって唯一無二の存在だ。

そんな事実は修吾にも分かっているはずなのに。

「私の言葉遣いは、ただの癖みたいなものです。序列とか、区別するつもりは毛頭ありませんよ」

「それは理解している。だが――面白くない。だって君はご両親や妹さんには気軽な話し方をしていたじゃないか」

　確かにその通りで、言葉に詰まる。しかしここで言い負かされては駄目だと、希実は己を奮い立たせた。

　――修吾さんに変な誤解をされるわけにはいかない。

「あの、年月の差と言いますか……家族とは間もなく二十六歳になるこの年までの積み重ねがありますから」

「まさか俺にあと二十年以上待てとは言わないよな？　希実の今の家族は、俺だろう？」

　そう言われると、ぐうの音も出ない。

　彼の言い分も、存分に納得できるものだった。

「でも……」

「慣れるまでの時間はたっぷりあったはず。俺は限界まで待った。だから、今この瞬間から敬語も〝さん〟づけも禁止だ」

「そ、そんな」

　スイッチひとつで切り替えられる器用さを、希実は持っていない。

　禁止と宣言されても、いきなり変えられる自信はなかった。

——だけど修吾さんの言うことは、もっともだ。彼は半年間、ずっと見守ってくれたんだよね……私がそれに甘えてなぁなぁにしてきただけで……。

勝手に許されたと思い込み、現状維持を図っていた。

考えてみれば、不誠実だ。

修吾は前から何度も提言してくれていたにも拘わらず。

「……わ、分かりました。あ、いいえ、分かったわ……？」

慣れない喋り方のせいで、ぎこちなくなる。

咳払いでたどたどしさをごまかし、希実は深呼吸した。

「しゅ、しゅ、しゅ……修吾……っ」

終わりに〝さん〟をつけたい気持ちをグッと堪え、どうにか途中で止めた。

瞬間、顔が真っ赤になって体温が上がる。

まさに沸騰しそうな状況で眩暈がし、まともに彼の顔を見ることもままならない。

変な汗を滴らせ、それでも意を決して修吾を見上げると。

「……っ、もう一回」

頬に朱を走らせた彼が、うっとりとした眼差しで希実を見つめてきた。

「えっ、一度でよくないですか——よ、よくない？」

おかしな疑問形になるのは、探り探りの物言いだからだ。

自分でも、不自然極まりないと思っている。

しかしこれが今の希実には精一杯。全力を振り絞った結果だった。

「……声が裏返っているぞ」

「だ、だって……恥ずかしい……」

この有様では、まともに話すのも難しい。不思議と、視線を搦めることすらこの上なく鼓動を乱れさせた。

空気が艶めいている。

穏やかだった雰囲気が一挙にしっとりとしたものへ変化していた。

「もう一度、呼んでくれ」

命令ではない懇願の響きを伴い、修吾が希実の顔を覗き込んでくる。手で眼を覆いたかったのに、一瞬早く手首を掴まれ阻まれた。

「希実」

トロリとした美声が鼓膜を擽る。

こんな淫靡な囁きを注がれては、平然としていられるはずもない。

既に沸騰直前の希実の頭は、いっそう煮え滾っていった。

「よ、呼びますから……ちょっと離れてください……っ、あ」

耳朶を軽く食まれ、舌先で嬲られる。

呼気を耳孔に吹き入れられると、得も言われぬ愉悦が湧いた。つい首を竦ませれば、今度はうなじを摩られ、鎖骨付近に吸いつかれる。

どれもこれも卑猥な意図を感じさせ、希実の脳が焦げつきそうになった。

「ちょ……!」

「ほら、早く。それとまた敬語に戻っている」

「い、悪戯されたら、上手く喋れな……ん、ふ……っ」

本気で名前を呼ばせる気があるのかないのか、修吾は意地の悪い攻撃を仕掛けてくる。希実が声を出そうとする度、彼の唇がこちらの肌を掠めた。

それだけに止まらず、指先が淫蕩な動きをする。

おかげで希実は淫らな声を出すまいとして、口を閉ざさずにはいられなかった。

「修吾さ……ぁ、あっ」

「さんって、つけそうになった？　ペナルティだな」

「や……!」

ソファーに押し倒され、首筋に鼻を埋められた。

吐息が生温かく湿っている。

ルームウェア越しにゆっくり肢体を辿られて、希実は彼の身体の下でジタバタともがいた。

「今のは、セーフだと思います……っ」

「でも敬語はアウトだ」

「あ」

所詮、希実では修吾に敵わない。アッサリと完敗してしまった。

「ず、狡い……」

「どこが？　とてもフェアじゃないか。俺は無理難題を吹っかけていない。ただ妻にもっと打ち解けてくれとお願いしているだけだ」

その割には、希実を追い詰める手管に容赦がなかった。

せっかくの可愛いルームウェアは乱されて、今や中途半端に身につけている方が卑猥な状態。

そんな姿を嫣然と見下ろされ、希実はより全身を上気させた。

「可愛い」

満足げに言う夫は、ご満悦だ。

獲物を捕らえた肉食獣そのもの。狩りを楽しむ余裕があると言わんばかり。

やはりこの人は、ほんのりと意地悪なところがあると思った。

——それでいて、私に触れてくる手はどこまでも優しいから……ドキドキしてしまう。

結局のところ、希実は修吾の掌の上で転がされているのも同然だった。

上手く言い包められ、自覚がないまま誘導される。しかもそれを苦痛だと感じさせない。

おそらく、何だかんだ彼が希実の意思を尊重してくれるからだろう。

修吾が無理にこちらを従わせようとしないことを、希実は分かっていた。

強引なところがありつつも、優しいのだ。

そしてそういう点に希実は惹かれている。

「ペナルティは何にしようか」

思わせ振りにこちらの唇を指でなぞり、口角を上げる表情がいやらしい。

滴る男の色香にクラクラした。

圧倒的経験値の差は、結婚以降埋まる気配は微塵もない。いつだって希実は彼に翻弄されている。

――でも、いつまでもやられっ放しの私じゃない。

「――修吾」

勇気を掻き集め、か細く名を呼ぶ声は震えていた。

けれどどもることなく音にできた。

心臓は今にも破裂してしまいそう。呼吸は乱れ、余裕はどこにもなかった。

痺れる指先が冷たくなり、思い通りに動かせない。

それでもどうにか命令を下し、希実は彼の頬へ自らの手を添えた。

「修吾、大好き」

軽く眼を見張った彼は、驚きで固まっている。

その隙に希実は両腕を彼の背へ回し、同時に頭を起こした。

唇が触れるだけの、拙いキス。だが歯や鼻がぶつからなかっただけ、希実には大成功だ。

ただしその後、顔どころか頭から爪先まで真っ赤になり、身悶えせずにはいられなかったが。

「……俺の操縦方法が上手くなったな？」

「た、たまには喜んでもらいたくて……」

「俺のために頑張ったのか」

聞くまでもないことをニヤリと笑いながら問われ、もはや居た堪れない。

自分でも大胆過ぎた自覚がある分、希実の羞恥心が飽和した。

「い、今のはナシです。忘れてください」

「断る。それから敬語に戻ったぞ」

強く閉じた瞼に、修吾のキスが降ってくる。

クスクスと笑いながら掠める唇は温かく、希実を甘やかしてくれた。

「ペナルティを何にするか後日じっくり考えよう。来週からは新婚旅行に行くし、旅先で希実に何かしてもらうのも悪くないな」

「ええっ」

とんでもない発言に愕然とする。すると彼は魅力的な瞳を妖しく細めた。

「本当に楽しみだ」

「……っ、修吾さんはやっぱり意地悪ですっ！」

まだまだ新婚の東雲家に明るい笑い声が響いたのは、言うまでもなかった。

END

あとがき

ベリーズ文庫さんでは初めまして。山野辺りりと申します。

キュンを勉強するため、新たな挑戦をさせていただきました。

いや、難しいですね……トキメキとキュン……。

勿論毎回純愛を書いているつもりなのですが、やはりサイトさんやレーベルさんによって、テイストや好まれる方向性が違うので。

とてもいい修行になりました。私も楽しかったです。

かなり加筆修正をしたので、ベリーズさんのサイトに掲載させていただいたものをお読みくださった方も、また新たな気持ちで楽しんでいただけたら幸いです。

逆にこちらを読了後、元になった方をご覧いただき、違いを味わってみるのも一興かと。

何せ、ヒーローのキャラクターが全く別ですからね！　一粒で二度美味しい。

敬語キャラ好きも、強引なキャラ好きも喜んでくださったら嬉しいです。

イラストはさんば先生です。もう言葉はいらないほど、美しいです。

特に印象的なヒーローの眼がね……！

こんな眼差しを向けられたら、冷静でいられるはずがない。そりゃヒロインだってワタワタしちゃいますよ。

きっとこれから先も可愛い妻を愛でまくるのだと思います。手に入れてからの方が愛が重いタイプなので……。というか、我慢しなくなる？

さんば先生、妖艶なイラストをありがとうございます。何度も眺めて、感嘆の溜め息を吐いています。

丁寧なアドバイスをしてくださった編集や校正の皆さま、本の完成までに携わってくださった方々にも、最大限の感謝を。

最後にここまでお読みくださった読者のあなたへ。

心からありがとうございます。

またどこかでお会いできることを願っています。

山野辺《やまのべ》りり

山野辺りり先生への
ファンレターのあて先

〒104-0031
東京都中央区京橋1-3-1
八重洲口大栄ビル7F
スターツ出版株式会社　書籍編集部　気付

山野辺りり先生

本書へのご意見をお聞かせください

お買い上げいただき、ありがとうございます。
今後の編集の参考にさせていただきますので、
アンケートにお答えいただければ幸いです。

下記URLまたは二次元コードから
アンケートページへお入りください。
https://www.ozmall.co.jp/enquete/IndexTalkappi.aspx?id=2301

ベリーズ文庫

契約結婚、またの名を執愛

～身も心も愛し尽くされました～

2024年7月10日　初版第1刷発行

著　者　山野辺りり
©Riri Yamanobe 2024

発行人　菊地修一

デザイン　hive & co.,ltd.

校　正　株式会社文字工房燦光

発行所　スターツ出版株式会社
〒104-0031
東京都中央区京橋1-3-1　八重洲口大栄ビル7F
TEL　03-6202-0386（出版マーケティンググループ）
TEL　050-5538-5679（書店様向けご注文専用ダイヤル）
URL　https://starts-pub.jp/

印刷所　大日本印刷株式会社

Printed in Japan

乱丁・落丁などの不良品はお取替えいたします。
上記出版マーケティンググループまでお問い合わせください。
定価はカバーに記載されています。

ISBN 978-4-8137-1608-2　C0193

ベリーズ文庫 2024年7月発売

『失恋婚!? ～エリート外交官はいつわりの妻を離さない～』佐倉伊織《さくらいおり》・著

都心から離れたオーベルジュで働く一華。そこで客として出会った外交官・神木から3ヶ月限定の"妻役"を依頼される。ある政治家令嬢との交際を断るためだと言う神木。彼に惹かれていた一華は失恋に落ち込みつつも引き受ける。夫婦を装い一緒に暮らし始めると、甘く守られる日々に想いは膨らむばかり。一方、神木も密かに独占欲を募らせ溺愛が加速して…!?

ISBN 978-4-8137-1604-4／定価781円（本体710円＋税10%）

『不本意ですが、天才パイロットから求婚されています～お見合いしたら容赦ない溺愛に包まれました～【極甘婚シリーズ】』田崎《たさき》くるみ・著

呉服屋の令嬢・桜花はある日若き敏腕パイロット・大翔とのお見合いに連れて来られる。断る気満々の桜花だったが初対面のはずの大翔に「とことん愛するから、覚悟して」と予想外の溺愛宣言をされて!?　口説きMAXで迫る大翔に桜花は翻弄されっぱなしで…。一途な猛攻愛が止まらない【極甘婚シリーズ】第三弾♡

ISBN 978-4-8137-1605-1／定価781円（本体710円＋税10%）

『バツイチですが、クールな御曹司に熱情愛で満たされてます!?』高田《たかだ》ちさき・著

夫の浮気によってバツイチとなったOLの伊都。恋愛はこりごりと思っていたある日、高級ホテルで働く恭弥と出会う。元夫のしつこい誘いに困っていることを知られると、彼から急に交際を申し込まれて!?　実は恭弥の正体は御曹司。彼の偽装恋人となったはずが「俺は君を離さない」と溺愛を貫かれ…！

ISBN 978-4-8137-1606-8／定価781円（本体710円＋税10%）

『愛に目覚めた凄腕ドクターは、契約婚では終わらせない』緒莉《おり》・著

小児看護師の佳菜は病気の祖父に手術をするよう説得するため、ひょんなことから天才心臓外科医・和樹と偽装夫婦となることに。愛なき関係のはずだったが──「まるごと全部、君が欲しい」と和樹の独占欲が限界突破！　とある過去から冷え切った佳菜の心も彼の溢れるほどの愛にいつしか甘く溶かされていき…。

ISBN 978-4-8137-1607-5／定価770円（本体700円＋税10%）

『契約結婚、またの名を執愛～身も心も愛し尽くされました～』山野辺《やまのべ》りり・著

OLの希実が会社の倉庫に行くと、御曹司で本部長の修吾が女性社員に迫られる修羅場を目撃！　気付いた修吾から、女性避けのためにと3年間の契約結婚を打診されて!?　戸惑うも、母が推し進める望まない見合いを断るため希実はこれを承諾。それは割り切った関係だったのに、修吾の瞳にはなぜか炎が揺らめき…！

ISBN 978-4-8137-1608-2／定価781円（本体710円＋税10%）